Wolfgang und Heike

HOHLBEIN

Drachenthal

Die Entdeckung

Arena

In neuer Rechtschreibung

1. Auflage als Arena-Taschenbuch 2008
Lizenzausgabe des Verlags Carl Ueberreuter, Wien

Umschlagillustration und Vignetten: Britta Gotha
Umschlagtypografie: knaus. büro für konzeptionelle
und visuelle identitäten, Würzburg
Gesamtherstellung: Westermann Druck Zwickau GmbH
ISSN 0518-4002
ISBN 978-3-401-02874-3

www.arena-verlag.de

Inhaltsverzeichnis

Keine guten Nachrichten

Selbst im Lande Märchenmond, der Welt auf der anderen Seite der Wirklichkeit, in der Legenden Wahrheit sind und Realität nur Träume, bleibt die Zeit nicht stehen – auch wenn sie vielleicht anders vergeht als in der Welt, die die allermeisten Menschen für die einzig wirkliche halten. Die Zeit macht eben vor niemandem halt, weder vor Menschen noch vor Tieren oder Pflanzen und auch nicht vor Elfen, Zwergen, Feen und Kobolden und allen anderen möglichen (und übrigens auch ein paar ganz und gar unmöglichen) Fabelwesen. Nicht einmal vor Zauberern.

Und so kam es, dass sie eines Tages sogar den größten und mächtigsten aller Magier einholte, Themistokles, den weisen Zauberer Märchenmonds. Als er an jenem Morgen, der sein Leben so gründlich verändern sollte, seine Zauberstube im höchsten Turm der gläsernen Stadt Gorywynn betrat, da fand er einen Brief auf seinem Schreibtisch vor und allein, dass er ihn sofort sah, war äußerst seltsam. Mit den Jahren war Themistokles nämlich ein bisschen unordentlich geworden, um nicht zu sagen: Sein Schreibtisch war ein einziges Chaos, auf dem sich irdene Töpfe und kleine Säckchen, kupferne Mörser und aufgerollte Pergamente, ledergebundene

Bücher und Glaskolben mit bunten Flüssigkeiten, Schalen mit geheimnisvollen Pülverchen und Tinkturen und aller möglicher anderer Krempel zu einem einzigen Tohuwabohu stapelten, das nur deshalb nicht bis zur Decke reichte, weil die Zauberstube gut doppelt so hoch war wie ein normales Zimmer.

Aber der Briefumschlag – er war groß, aus schwerem dunkelbraunem Pergament, das fast wie altes Leder aussah, und mit einem dunkelroten Siegel aus Wachs verschlossen – lag nicht nur ganz oben auf diesem Stapel, sondern schwebte bei genauem Hinsehen sogar einen Fingerbreit darüber, wie von einer unsichtbaren Hand gehalten, und schon sein bloßer Anblick bereitete Themistokles Unbehagen.

Wer sollte ihm schreiben? Jeder, den er kannte, lebte hier in Gorywynn und davon abgesehen war dieser Brief ganz zweifellos mit der magischen Post gekommen, das bewies allein schon die Tatsache, dass er überhaupt da war. Die Tür seiner Zauberstube hatte zwar kein Schloss, aber er war trotzdem der Einzige, der *einfach* so hier hereinkonnte – schließlich war es ja eine *Zauber*stube und ein Zauberer hatte gewisse Möglichkeiten, sich und sein Eigentum zu schützen.

In diesem Brief musste also etwas von enormer Wichtigkeit sein, wenn sich jemand die Mühe machte, ihn trotzdem hereinzubringen.

Das gefiel ihm nicht.

Das gefiel ihm *ganz und gar nicht.*
Themistokles stand eine ganze Weile nur da und sah den Brief an, der völlig unbeeindruckt weiter reglos über dem Tisch in der Luft schwebte und darauf wartete, gelesen zu werden. Bloß dass er gar keine richtige Lust hatte, ihn aufzumachen; und schon gar keine, ihn zu lesen. Themistokles hatte nämlich eine ziemlich unangenehme Ahnung, was den Inhalt dieses Briefes anging, und weil er ein Zauberer war und seine Ahnungen damit auch die eines Zauberers waren, hatte er sich angewöhnt, auf sie zu hören.
Unglückseligerweise hatte er aber auch zugleich die sichere Ahnung, dass dieser Brief darauf bestehen würde, gelesen zu werden.
Trotzdem: Wer sagte denn, dass er es *sofort* tun musste? Schlechte Nachrichten waren im Grunde wie alle anderen Nachrichten: Manchmal erledigten sie sich von selbst, wenn man nur lange genug wartete.
Themistokles drehte dem Brief demonstrativ den Rücken zu, ging am Schreibtisch vorbei und machte noch zwei weitere Schritte, bevor er wieder stehen blieb und sich fragte, warum er überhaupt in seine Zauberstube gekommen war. Das passierte ihm in letzter Zeit öfter. Themistokles war nicht nur ein bisschen unordentlich, sondern auch ein bisschen vergesslich geworden – um ehrlich zu sein, sogar mehr als nur *ein bisschen.* Er war an diesem Morgen früh

aufgestanden und die genau fünfhundertzweiunddreißig Stufen hier heraufgekommen, um ... um ... um ...

Der Brief summte.

Themistokles drehte sich um, zog die buschigen weißen Augenbrauen zusammen und betrachtete den summenden Briefumschlag misstrauisch. Er summte nicht nur, er *zitterte,* als wären Ameisen darin eingeschlossen oder ein ganzer Bienenschwarm. Natürlich wusste Themistokles, dass ihm niemand einen Umschlag mit Ameisen oder gar Bienen schicken würde – es war der Brief selbst, der mit Nachdruck darauf bestand, gelesen zu werden.

Offensichtlich war er doch ziemlich wichtig.

Aber musste er ihn deswegen sofort lesen?

Der Brief summte und zitterte noch heftiger, so als hätte er Themistokles' Gedanken gelesen, und der weißhaarige Zauberer gab mit einem tiefen Seufzer auf und ging wieder zum Schreibtisch zurück. Der Brief hörte auf zu zittern und zu summen und flog ihm stattdessen entgegen, hin und her schwankend wie ein trockenes Blatt Herbstlaub, das der Wind vom Baum gepflückt hatte. Themistokles fing den Umschlag mit der linken Hand auf und hob die andere, um mit den Fingern zu schnippen. Das war seine Art, Briefe aufzumachen, denn Zauberer brauchen selbstverständlich keinen Brieföffner.

Das Siegel brach mit einem hörbaren *Plopp* auf und ein eng mit einer winzigen verschnörkelten Handschrift bedecktes Pergament glitt aus dem Umschlag und entrollte sich in Themistokles' Hand. Der alte Magier überflog den Text, riss die Augen auf, überflog ihn noch einmal, keuchte, riss die Augen noch weiter auf und las den Brief dann zum dritten Mal und diesmal sehr aufmerksam. Dann machte er einen trippelnden kleinen Schritt zurück und ließ das Blatt fallen. Das heißt: Er ließ es los, aber es fiel nicht. Stattdessen blieb es einfach in der Luft hängen und begann, unwillig mit den Ecken zu flattern.

»Aber das ... das ist doch ...«, keuchte Themistokles, »das ist doch einfach ...«

Alle Farbe wich aus seinem Gesicht. Sogar sein Bart und das bis auf die Schultern reichende schlohweiße Haar schienen noch bleicher zu werden und für einen ganz kurzen Moment begann er, am ganzen Leib zu zittern; beinahe so heftig wie der Umschlag eben.

»Das ist ja geradezu *ungeheuerlich!*«, keuchte er schließlich. »Das ... das können sie mit mir nicht machen! Nach allem, was ich für sie getan habe. Das lasse ich mir nicht bieten!«

Und so ging es weiter. Themistokles lief wie ein Tiger im Zoo in seiner Zauberstube auf und ab – allerdings wie ein Tiger mit Zahnschmerzen, der zu allem Über-

fluss auch noch auf einen Knochen gebissen hatte. »Das lasse ich mir nicht gefallen!«
Themistokles wurde immer ärgerlicher. Zornig, wie er war, begann er, sogar gegen Möbel und Wände zu treten. »Das könnt ihr mit mir nicht machen!« Und – *peng!* – trat er vor den Schreibtisch, dass der ganze Stapel vor ihm bedrohlich zu wackeln begann. »Nach allem, was ich für sie getan habe!« Und – *rrrums!* – bekam die Kommode einen Fußtritt, der sie in allen Fugen erzittern ließ. »Das ist einfach nicht fair!« Und – *krach!* – fing sich ein Schemel einen Tritt ein, der ihn quer durch den Raum an die gegenüberliegende Wand schleuderte, wo er in zahllose Stücke zerbrach. Der Brief schwebte die ganze Zeit vollkommen unbeeindruckt in der Luft und bewegte nur manchmal eine Ecke, als wolle er ihm damit zuwinken. »Undankbar ist das, einfach undankbar!« Und damit trat er so wuchtig gegen ein Regal, dass ein paar Glasflaschen und Tontöpfe von den Brettern rutschten und klirrend auf dem Fußboden zerbarsten.
Hinter ihm erscholl ein gutmütiges grollendes Lachen. »Kann ich dir vielleicht irgendwie helfen?«
Themistokles drehte sich aufgebracht um und hörte wenigstens so lange damit auf, die Einrichtung zu zerlegen, wie Rangarig brauchte, um seinen nahezu droschkengroßen Schädel vollends durch das Fenster zu schieben.

»Ich meine: Wenn es dir nur darum geht, deine Einrichtung zu verwüsten, dann kann ich das bestimmt schneller für dich erledigen«, fuhr der riesige Golddrache fort. Er zwinkerte Themistokles mit einem Auge zu, das größer war als Themistokles' ganzer Kopf.

»Das ... das ... das ist ...«, begann Themistokles, verhaspelte sich vor lauter Aufregung und deutete schließlich anklagend auf den verzauberten Brief, der weiter reglos in der Luft hing, als ginge ihn das alles hier gar nichts an. »Weißt du, was da drinsteht?«

»Sicher«, antwortete Rangarig.

Themistokles blinzelte. »Woher?«

»Nachrichten haben Flügel«, sagte der Drache. »Und sie sind größer, je schlechter die Nachricht ist.«

Themistokles blickte einen Moment lang nachdenklich aus dem Fenster, wo sich der Rest von Rangarig befand. Der gewaltige Drache schlug träge mit den Flügeln, um sich in der Luft zu halten, und Themistokles kam in den Sinn, dass er sich wegen seiner Riesenschwingen wohl selbst für einen geflügelten Nachrichtenboten hielt. Aber dann wandte er sich ab und deutete anklagend auf den Brief. Mittlerweile schien sich die Schrift verändert zu haben und Themistokles hatte auch das Gefühl, dass ein paar Ausrufezeichen hinzugekommen waren.

»Das ist einfach nicht fair!«, schimpfte er. »Mein ganzes Leben lang habe ich den Menschen und Tieren in

diesem Land gedient! So vielen habe ich geholfen und so viele hat meine Magie beschützt – und zum Dank werde ich jetzt aufs Altenteil geschoben!«

»Na, na, na«, sagte Rangarig tadelnd. »Also so würde ich das nun nicht ausdrücken. Soviel ich weiß, ist das da . . .«, er machte eine Kopfbewegung in Richtung Brief, der zustimmend mit den Ecken wedelte, ». . . deine Ernennung zum neuen Leiter der berühmten *Universität vom Drachenthal.*«

»Berühmte Universität, pah!«, machte Themistokles. »Das ist doch kaum mehr als ein schäbiges Internat kurz vor dem Ende der Welt, und was seinen Ruf angeht . . .«

»Bevor du weitersprichst«, unterbrach ihn Rangarig fast sanft, »sollte ich dich vielleicht daran erinnern, dass auch ich dort einst zaubern lernte. Wie alle Drachen meiner Generation, nebenbei bemerkt.«

»Na ja, das . . . das war doch etwas ganz anderes«, verteidigte sich Themistokles leicht verlegen – tatsächlich hatte er es einfach vergessen.

»Ach?«, fragte Rangarig. »Wieso?« Er kniff misstrauisch ein Auge zu.

»Nun, weil . . . weil«, begann Themistokles herumzudrucksen. »Weil das etwas ganz anderes war«, beharrte er schließlich. »Es ist Ewigkeiten her und du willst dich doch nicht etwa mit den Zauberlehrlingen von heute vergleichen.«

»Aber wieso denn nicht?«, erkundigte sich Rangarig.
»Weil wir früher anders waren, basta«, entschied Themistokles. »Früher, ja, da war Drachenthal die erste Adresse, zu der man Drachen schickte, sobald sie anfingen, Feuer zu speien! Auch alle übrigen magisch begabten Zöglinge waren fleißig und haben gelernt und sie haben ihre Eltern und die Lehrer respektiert.«
»Aber heute wollen die jungen Leute ja nur noch Spaß«, sagte Rangarig. Er schüttelte zwar ernst den Kopf, aber in seinen Augen erschien trotzdem ein spöttisches Glitzern, so als hätte Themistokles einen besonders guten Witz gemacht, ohne es selbst zu merken. »Niemand will mehr arbeiten und sie sind aufsässig und faul und haben keinen Respekt vor ihren Lehrern.«
»Genau!«, triumphierte Themistokles. »Du sagst es!«
»Nein«, antwortete Rangarig. »Das hat *mein* Lehrer zu mir gesagt, als ich jung war und in die Schule kam.«
»Oh«, machte Themistokles.
»Jaja«, bestätigte der Drache. »Und ich erinnere mich da an einen gewissen Zauberlehrling, der um ein Haar von der Schule geflogen wäre, weil er . . .«
»Jaja, schon gut, schon gut«, fiel ihm Themistokles ins Wort. Aus irgendeinem Grund schien ihm das Thema plötzlich unangenehm zu sein. Er begann, wieder

im Raum hin und her zu tigern; diesmal aber wenigstens, ohne vor Möbel oder Wände zu treten. Dafür spießte er den Brief, der noch immer zwischen ihm und der Tür in der Luft schwebte und ihm manchmal spöttisch zuzuwinken schien, mit Blicken regelrecht auf.

»Ich lasse mich nicht einfach abschieben«, brummelte er. »Ich bin der oberste Zauberer von Märchenmond! Der Hüter der Magie!«

»Und das schon ziemlich lange, wenn ich mich richtig erinnere«, gab Rangarig zu bedenken.

»Was willst du damit sagen?« Themistokles blieb stehen. Seine Augen blitzten kampflustig.

»Vielleicht wird es langsam Zeit, für einen Jüngeren Platz zu machen«, antwortete Rangarig.

Themistokles ächzte. »Willst du behaupten, ich wäre zu alt?«, krächzte er. »Das . . . das . . .«

»Es ist keine Schande, in Ehren alt zu werden«, unterbrach ihn der Drache.

»Aber es ist eine Schande, jemanden, der in Ehren alt wird, einfach abzuschieben«, beschwerte sich Themistokles. »Bis jetzt bin ich meinen Aufgaben noch ganz gut gewachsen.«

»Also die Dürre im letzten Jahr . . .«, begann Rangarig.

»Habe ich sie etwa nicht beseitigt?«, fragte Themistokles.

»Doch, sicher«, bestätigte Rangarig. »Der Regen, den du gemacht hast, kam gerade noch rechtzeitig. Nur hat er vielleicht ein bisschen lange gedauert. Wie lange war es noch mal? Drei Monate?«

»Vier«, erwiderte Themistokles widerwillig. »Fast fünf.«

»Tja, das Land ist nicht verbrannt, aber dafür hat der Dauerregen den Bauern die Erde weggespült«, erinnerte ihn Rangarig. »Um ein Haar hätte es eine Hungersnot gegeben. Und im Jahr zuvor, als die Zwerge uns um Hilfe baten, weil ihre Höhlen einzustürzen drohten ...«

»Habe ich ihnen etwa nicht geholfen?«, unterbrach ihn Themistokles beleidigt. »Die Zwergenhöhlen sind prima in Schuss. Sie stehen noch heute.«

»Jaja, weil die Zwerge immer noch damit beschäftigt sind, das Eis aus den Stollen zu hacken, das du hineingezaubert hast«, seufzte Rangarig. »Sie sind ziemlich schlecht auf dich zu sprechen, glaube ich. Und vor zwei Monaten, als du ...«

»Ist ja schon gut!«, fiel ihm Themistokles ins Wort. »Man wird ja wohl mal einen Fehler machen dürfen!«

»Fehler, die ein Zauberer macht, können ziemlich übel ausgehen«, gab Rangarig zu bedenken.

»Und?«, grummelte Themistokles. »Ist das ein Grund, mich zum alten Eisen zu werfen?« Er warf dem Brief, der Rangarigs Worte mit einem Wippen zuzustimmen schien, einen giftigen Blick zu.

»Niemand will dich zum alten Eisen werfen, alter Freund«, antwortete Rangarig, stutzte, schüttelte leicht den Kopf und verbesserte sich hastig. *»Mein* Freund. Ein Internat für Magier und Drachen zu leiten, ist eine respektable Aufgabe.«

»Ja, für einen alt gewordenen Zauberer, der zu nichts anderem mehr taugt«, sagte Themistokles böse.

Rangarig lachte – allerdings nicht sehr laut. Themistokles hatte einmal – vor sehr langer Zeit und bei einer anderen Gelegenheit – gesagt, dass Rangarig vermutlich das einzige Wesen war, das seine Feinde im wahrsten Sinne des Wortes *totlachen* konnte, und an dieser Behauptung war etwas dran. Obwohl der gewaltige Drache sich beherrschte, klirrten die Flaschen, Töpfe und Tiegel auf den Regalen hörbar.

»Sieh es ein, mein Freund«, sagte er noch einmal. »Wir sind beide alt geworden. Wir sollten Platz für die Jüngeren machen, ehe wirklich etwas Schlimmes passiert.«

Der Brief flatterte wieder energisch und Themistokles' Gesicht verfinsterte sich noch weiter. »Niemals«, grollte er.

Rangarig lachte. Diesmal etwas lauter.

Abgeschoben ins Drachenthal

Niemals!«, sagte auch Rebekka und stampfte so heftig mit dem Fuß auf, dass die Tassen und Teller auf dem Tisch zu hüpfen begannen. »Ich gehe nicht in dieses blöde Internat, und wenn ihr euch auf den Kopf stellt und mit den Ohren wackelt. Ich lasse mich doch nicht abschieben!«

Ihr Vater, der solche Töne von seiner Tochter ganz und gar nicht gewohnt war, zog überrascht die Augenbrauen zusammen. Aber Rebekka konnte auch spüren, wie sich seine Laune verdüsterte, und hören, wie er scharf einatmete. Bevor sich das Gewitter, das sich in seinen Augen zusammenbraute, jedoch auf Rebekka entladen konnte, legte ihm ihre Mutter beruhigend die Hand auf den Unterarm und ergriff das Wort.

»Niemand will dich *abschieben,* Liebling«, sagte sie lächelnd.

»Und nenn mich nicht *Liebling«,* fauchte Rebekka. »Das mag ich nicht.« Was nicht stimmte. Eigentlich mochte sie es ganz gern, nur eben heute nicht. Sie wollte wütend sein.

Vaters Augen verdüsterten sich noch weiter, aber das Lächeln ihrer Mutter war noch da. »Dann eben *Rebekka«,* sagte sie. »Aber es ändert nichts daran, dass nie-

mand dich *abschieben* will. Es ist nun einmal die beste Lösung. Es geht einfach nicht anders.«

»Pah«, machte Rebekka. Trotzig ließ sie sich auf dem Stuhl zurücksinken, verschränkte die Arme vor der Brust und ließ die Füße baumeln, wodurch sie in gleichmäßigem Takt immer wieder gegen das Tischbein stießen und das Geschirr einen kleinen klirrenden Tanz aufführte. Das drohende Unwetter in den Augen ihres Vaters wurde stärker, aber zu Rebekkas eigener Überraschung entlud es sich noch nicht.

»Dieser Lehrauftrag in Amerika ist eine Riesenchance für deinen Vater«, fuhr Mutter fort. »Und für mich auch. So eine Gelegenheit bekommen wir kein zweites Mal. Und es ist schließlich nicht für immer. In einem Jahr sind wir wieder hier.«

»Und warum kann ich dann nicht mitkommen?«, fauchte Rebekka. Eigentlich kannte sie die Antwort auf ihre Frage bereits. In den letzten Monaten hatten ihre Eltern sehr oft über die Zeit gesprochen, die Vater als Gastdozent an der Universität von Wisconsin verbringen würde, und sie wusste auch, dass er diese Chance einfach ergreifen *musste,* wenn er beruflich weiterkommen wollte. Sie hatte auch gewusst, dass ihre Mutter, die ebenfalls Lehrerin war, ihn begleiten würde. Und eigentlich hätte sie sich denken *können,* was das für sie bedeutete. Sie hatte es nur nicht wissen wollen.

»Aber darüber haben wir doch schon gesprochen«,

sagte Vater seufzend. »Das amerikanische Schulsystem ist völlig anders als unseres. Du hättest große Probleme, dich zurechtzufinden. Ganz abgesehen von der Sprache . . .«

»Ich kann Englisch«, behauptete Rebekka – was ein bisschen übertrieben war. Sie hatte zwar seit der zweiten Klasse einen freiwilligen Englischkurs belegt, aber über *Good Morning* und *How are you?* reichten ihre Kenntnisse nicht hinaus. Vater ignorierte ihr Argument denn auch kurzerhand.

»Und wir hätten praktisch keine Zeit, uns um dich zu kümmern«, fuhr er ungerührt fort. »Es ist die einzige Möglichkeit, die Sinn macht. Du gehst ein Jahr auf dieses hervorragende Internat, danach kommen wir zurück und alles ist beim Alten.«

»Vielleicht gefällt es dir dort ja sogar, wer weiß?«, warf ihre Mutter ein.

»Gar nichts wird beim Alten sein!«, behauptete Rebekka mürrisch. »Alle meine Freunde sind hier. Ich werde niemanden mehr kennen, wenn ich zurückkomme.«

Das stimmte nur zum Teil. Ihr Vater seufzte, aber in den Augen ihrer Mutter erschien ein Ausdruck, der Rebekka klarmachte, dass sie die Wahrheit besser wusste. Sie waren vor zwei Jahren in diese Stadt gezogen und wirkliche Freunde hatte Rebekka in dieser Zeit noch nicht gefunden.

»Und es gefällt mir dort ganz bestimmt nicht«, fügte sie trotzig hinzu.
»Weil du es nicht willst«, behauptete ihr Vater. »Du kennst das Internat doch gar nicht.«
»Es ist sehr schön dort«, fügte Mutter hinzu. »Wir haben es uns schon angesehen. Es ist ein wunderschönes altes Schloss, das mitten in den Bergen liegt. Die Lehrer sind nett und in jeder Klasse sind höchstens zwölf Schüler . . .«
»Was das Schulgeld natürlich in schwindelerregende Höhen treibt«, unterbrach sie ihr Vater. »Aber das nehmen wir in Kauf, weil Drachenthal einen ausgezeichneten Ruf genießt – und wir dich dort gut untergebracht wissen.«
»Es kommt euch doch viel billiger, wenn ich hierbleibe«, sagte Rebekka unbeeindruckt.
»Sei nicht albern«, sagte ihr Vater.
»Bei . . . bei Tante Birgit!«, schlug Rebekka vor. Der Blick, mit dem sie sich an ihre Mutter wandte, wurde fast flehend. »Sie hätte bestimmt nichts dagegen, wenn ich für ein Jahr bei ihr wohne.«
»Natürlich nicht«, antwortete Mutter, aber allein ihr bedauernder Ton machte das Kopfschütteln, das diesen Worten folgte, schon fast überflüssig. »Aber dein Vater und ich halten es trotzdem für keine gute Idee. Tante Birgit hat schließlich eine eigene Familie, um die sie sich kümmern muss. Und wir wollen ihr die

Verantwortung auch nicht aufbürden. Glaub mir, so ist es die beste Lösung.« Sie zwang sich zu einem aufmunternden Lächeln. »Und es ist ja auch nicht für lange.«

Nicht für lange? Rebekka hätte am liebsten laut aufgelacht. Ein Jahr! Ein ganzes Jahr! Ihrer Mutter mochte das vielleicht nicht lange erscheinen, aber in Wirklichkeit war ein Jahr eine Ewigkeit.

»Nie und nimmer!«, sagte sie stur. »Ihr müsst mich schon mit Gewalt dorthin bringen.«

Etwas im Blick ihres Vaters sagte ihr, dass auch das eine Möglichkeit war, über die er zumindest schon *nachgedacht* hatte, aber auch diesmal war es ihre Mutter, die sich einmischte und die Wogen glättete, bevor es wirklich zum Streit kam.

»Wir haben ein paar Prospekte mitgebracht«, verkündete sie. »Warum siehst du sie dir nicht erst einmal in Ruhe an und wir reden später noch einmal darüber?«

»Wozu denn?«, gab Rebekka zornig zurück. »Ihr habt das doch sowieso schon entschieden.«

Ihre Mutter sah sie einen Moment lang traurig an, aber sie antwortete nicht, sondern griff hinter sich und nahm ein buntes Hochglanzblättchen von der Kommode. »Sieh es dir wenigstens an.«

Widerwillig griff Rebekka nach dem bunten Papier, wobei sie es allerdings nur mit spitzen Fingern be-

rührte, als wäre es etwas ungemein Ekliges; oder als hätte sie Angst, davon gebissen zu werden. »Hm«, machte sie.

»Wenn du willst, können wir auch noch einmal hinfahren und es uns ansehen«, fuhr Mutter fort. »Obwohl jetzt in den Ferien wahrscheinlich nur wenige Schüler und Lehrer dort sind.«

»Hm, hm«, machte Rebekka noch einmal. Obwohl es kaum etwas gab, was sie im Moment weniger gern getan hätte, legte sie das Werbeblättchen vor sich auf den Tisch und schlug es auf. Obwohl sich alles in ihr dagegen sträubte, musste sie doch zugeben, dass die Bilder einen guten Eindruck machten. Das Internat sah zwar nicht wirklich wie ein Schloss aus, wie ihre Mutter gerade behauptet hatte, sondern eher wie eine Mischung aus einem großen Gutshof und einer Burg, aber die Zimmer waren hübsch und das Anwesen war in eine wunderschöne Berglandschaft eingebettet. Auf einem der Fotos war sogar das Schimmern eines kleinen Sees zu erkennen, der nicht weit entfernt zu liegen schien.

»Drachenthal«, murmelte sie. »Was ist das überhaupt für ein komischer Name? Das ist doch gar kein Tal.«

»Es geht auf eine uralte Legende zurück«, sagte Vater. »Angeblich gab es in den Bergen dort oben früher Drachen.«

»Bis irgendein tapferer Ritter kam und sie alle erschlagen hat?«, fragte Rebekka.

Ihr Vater schüttelte den Kopf. Er sah noch immer ein bisschen finster aus, aber Rebekka wusste auch, dass er immer regelrecht aufblühte, wenn er über alte Mythen und Legenden reden konnte. Schließlich war das nicht nur sein Beruf, sondern auch sein Hobby. Rebekka wäre nicht einmal erstaunt gewesen, hätte sie herausgefunden, dass er dieses Internat nur ausgewählt hatte, *weil* es so hieß.

»Nein«, sagte er. »Ganz im Gegenteil. Der Legende nach waren die Drachen vom Drachenthal einst die Freunde der Menschen. Sie haben sie beschützt und ihnen geholfen.«

»Und was ist aus ihnen geworden?«, fragte Rebekka. Gleichzeitig fragte sie sich im Stillen, ob sie eigentlich verrückt war. Ganz zweifellos erzählte ihr Vater diese Geschichte nur, weil er wusste, wie sehr sie sich für alles interessierte, was irgendwie mit Märchen und Sagen und anderen fantastischen Geschichten zu tun hatte – und natürlich ganz besonders mit Drachen. Aber es nutzte nichts. Vater hatte den Köder ausgeworfen und sie hatte ihn brav geschluckt.

»Das weiß niemand«, sagte er. »Eines Tages sind sie einfach verschwunden. Aber angeblich gibt es sie immer noch. Es heißt, man muss nur den Eingang zu ihrer Welt finden.«

»Ich verstehe«, sagte Rebekka verächtlich und zog die Nase kraus. »Und jetzt erwartest du, dass ich be-

geistert dorthin gehe und nach dem Tor in eine andere Welt suche.« Sie stand auf. »So ungefähr für ein Jahr?«

Vater schwieg, aber Mutter sagte leise: »Das war jetzt nicht fair.«

»Es ist auch nicht fair, mich einfach wegzuschicken, ohne mich auch nur zu fragen!«, antwortete Rebekka. Dann drehte sie sich mit einem Ruck um, verließ das Zimmer und stampfte die Treppe hinauf, so laut sie nur konnte. Am allerliebsten hätte sie auch noch die Tür ihres Zimmers hinter sich zugeknallt, dass die Wände wackelten, aber das wagte sie nicht. Eigentlich hatte sie sogar ein schlechtes Gewissen, wenigstens wenn sie an den verletzten Gesichtsausdruck ihrer Mutter dachte. Sie war wirklich nicht besonders fair gewesen.

Aber das wollte sie auch gar nicht sein, basta! Auch ihre Eltern waren nicht *fair* zu ihr gewesen; doch tief in ihrem Innern wusste Rebekka, dass sie keine andere Wahl hatten, wenn es dadurch auch nicht besser wurde.

Wütend pfefferte sie den Internatsprospekt in die Abfalltonne, die neben ihrem Schreibtisch stand – oder wollte es wenigstens. Die Bewegung war vielleicht ein bisschen zu schwungvoll, denn das Teil klappte auf halbem Wege auseinander und flatterte wie ein glänzend bunter Schmetterling zu Boden, um

aufgeschlagen liegen zu bleiben. Rebekka musterte es feindselig, dann ließ sie sich aufs Bett fallen, verschränkte die Hände hinter dem Kopf und starrte wütend die Decke über sich an. Ihr kleiner Auftritt von gerade tat ihr schon längst wieder leid. Sie hatte ihren Eltern unrecht getan, aber sie ihr umgekehrt schließlich auch, und sie war noch lange nicht so weit, hinunterzugehen und sich zu entschuldigen.

Etwas raschelte.

Rebekka zog die Hände unter dem Kopf hervor, richtete sich auf und sah sich stirnrunzelnd um. Nichts. Sie war allein.

Seufzend ließ sie sich zurücksinken und gab sich weiter alle Mühe, Löcher in die Decke zu starren.

Das gelang ihr zwar nicht, aber das Rascheln wiederholte sich, und als sie das nächste Mal aufsah, entdeckte sie auch seinen Ursprung.

Es war das Werbeblättchen.

Obwohl das Fenster geschlossen und nicht der leiseste Luftzug zu spüren war, bewegten sich seine Seiten. So als wollten sie ihr zuwinken.

Langsam stand Rebekka auf, ging zu den bunt bedruckten Seiten und ließ sich neben ihnen in die Hocke sinken. Sie streckte die Hand aus, aber sie wagte es nicht, sie zu berühren. Die Blätter raschelten und bewegten sich weiter und das war wirklich unheimlich. Rebekkas Herz begann zu klopfen.

Und dann machte es einen erschrockenen Sprung hinauf bis in ihren Hals, um dort zehnmal schneller weiterzuklopfen, denn plötzlich wurde die Seite vor ihr wie von Geisterhand bewegt umgeschlagen, sodass sie nun wieder das Bild sah, auf dem das ganze Schloss zu erkennen war; mit dem See im Hintergrund. Er schien ... *größer* geworden zu sein. Und so verrückt es ihr vorkam: Für einen Moment konnte sie ganz deutlich sehen, wie sich die Wasseroberfläche im Wind kräuselte.
Rebekka blinzelte und das Foto war wieder ein ganz normales Foto.
Das war es auch die ganze Zeit über gewesen, dachte sie. Ein fotografierter See, der sich bewegte ... So ein Quatsch!
Mit einem leisen, aber auch hörbar nervösen Lachen richtete sie sich wieder auf und diesmal sah sie die Bewegung nur aus den Augenwinkeln, aber sehr deutlich. Irgendetwas Großes, Schimmerndes huschte über das Schloss hinweg, etwas mit Schuppen und gewaltigen, schlagenden Flügeln.
Rebekka stieß einen halblauten, unterdrückten Schrei aus, fuhr so schnell herum, dass sie fast das Gleichgewicht verloren hätte, und starrte die Seite an.
Natürlich war da nichts. Das Foto war ein ganz normales Foto, basta!
Aber wieso zitterten ihre Hände dann so sehr, dass

es ihr kaum gelang, das Werbeblättchen aufzuheben?

Rebekka klappte das Teil zu, warf es hastig in den Papierkorb und stopfte es so tief hinein, wie sie nur konnte. Der ganze Papierkorb raschelte, als sie sich wieder aufrichtete und rasch zurücktrat. Wahrscheinlich hatte sie das Blättchen zu fest hineingestopft und das Papier entspannte sich jetzt knisternd.

Sie ließ sich wieder auf das Bett fallen und starrte die Decke an. Ein Foto, das sich *bewegte!* So ein Unsinn!

Der Papierkorb raschelte weiter, aber es war nur das Papier, das sich entspannte.

Bestimmt.

Ganz sicher.

Was sollte es sonst sein?

Aufstand der Zauberlehrlinge

Rangarigs Flügel falteten sich mit einem gewaltigen Rauschen zusammen und die goldenen Schuppen an seinen Flanken klirrten hörbar, als Themistokles ächzend von seinem Rücken stieg. Eine Schuppe löste sich und fiel mit lautem Scheppern zu Boden.

»Oh«, sagte Themistokles. »Da war ich wohl ein bisschen ungeschickt. Entschuldige.«

»Nicht deine Schuld«, antwortete der Drache. Er seufzte. »Das passiert mir in letzter Zeit leider öfter. Schuppenausfall.«

Themistokles seufzte ebenfalls. Nein, diese Reise fing nicht gut an. Rangarigs abgefallene Schuppe war ein gutes Beispiel dafür, dass dieser ganze Tag unter keinem guten Stern stand.

Letztendlich hatte er natürlich doch zugestimmt und die Anstellung als neuer Dekan der Drachenthal-Universität angenommen und sie waren am frühen Morgen aufgebrochen, nachdem sich Themistokles ausgiebig von all seinen alten Freunden verabschiedet hatte. Aber der Weg von Gorywynn hierher, in dieses kleine versteckte Tal am Rand des Schattengebirges, war weit, selbst wenn man mit den Schwingen eines Drachen reiste, und zu allem Überfluss hatte sich das Wetter zu-

nehmend verschlechtert, je näher sie ihrem Ziel gekommen waren; seit einer guten Stunde regnete es buchstäblich Bindfäden. Von Rangarigs goldenen Schuppen perlte das Wasser zwar ab, aber leider hatte Themistokles weder Schuppen, noch bestand seine Kleidung aus Gold und so war er mittlerweile nicht nur klitschnass, sondern auch bis auf die Knochen durchgefroren. Und entsprechend mies war seine Laune.

Was er sah, als er sich umwandte und zugleich ein paar Schritte von Rangarig entfernte, das war auch nicht gerade dazu angetan, seine Stimmung zu heben. Der Drache war ein gutes Stück von der Burg entfernt gelandet, denn er hatte Angst gehabt, dass der Luftzug seiner gewaltigen Schwingen das Dach beschädigen könnte. Themistokles hatte das für übertrieben gehalten, aber nun, als er das Anwesen aus der Nähe sah . . .

Schloss Drachenthal hatte seine besten Tage eindeutig hinter sich. Es war lange her, dass er das letzte Mal hier gewesen war, bestimmt an die hundert Jahre, und er hatte gewusst, dass es mit der magischen Universität nicht zum Besten stand.

Aber das, was er jetzt sah, war wenig mehr als eine Ruine. Die Spitze und das Dach des gewaltigen Wehrturmes waren eingestürzt und auch die zinnengekrönte Mauer sah aus, als hätte ein hungriger Felsdrache daran herumgeknabbert. Seufzend fuhr er

sich zum wiederholten Male mit den Fingern durch den langen, nassen Bart.

»Na, das nenne ich eine Katastrophe«, murmelte er.

»Ich würde es eher eine Herausforderung nennen«, sagte Rangarig. »Einem gestandenen Zauberer wie dir dürfte es doch nicht schwerfallen, aus dieser heruntergekommenen Ruine wieder eine respektable Lehranstalt zu machen.« Der Drache schüttelte sich und Themistokles machte einen hastigen Schritt zur Seite, als ein ganzer Sprühregen auf ihn niederging. Gerade als er zu einer entsprechend scharfen Bemerkung ansetzen wollte, fiel ihm eine Bewegung drüben bei der Burg auf.

Das gewaltige Tor begann, sich zu öffnen, und die beiden riesigen Flügel aus schwarzem Eichenholz schwangen nach außen.

Wenigstens am Anfang.

Dann fraß sich einer der beiden Torflügel knirschend fest und der andere zitterte noch einen Moment und fiel dann mit einem gewaltigen Poltern um. Themistokles runzelte die Stirn.

»Eine ziemlich große Herausforderung«, meinte Rangarig.

Themistokles warf ihm einen schrägen Blick zu, aber er sagte nichts, sondern ging gemessenen Schrittes los. Der Drache ließ ihm einen kleinen Vorsprung, bevor er ihm folgte. So elegant und schnell Rangarig

in der Luft war, so schwerfällig und träge bewegte er sich am Boden. Eigentlich ging er nicht hinter dem Zauberer her, sondern watschelte eher wie ein fußkranker Dackel – allerdings der mit Abstand größte Dackel, den es jemals gegeben hatte.

Aus dem halb offen stehenden Tor trat eine Gestalt heraus, die Themistokles auf den ersten Blick zum Verwechseln ähnlich sah. Es war ebenfalls ein alter Mann mit langem weißen Haar und Bart und ebenso wie Themistokles trug er ein einfaches schwarzes Gewand und einen spitzen Zauberhut.

Aber damit hörte die Ähnlichkeit dann auch schon auf. Er kam mit schnellen, fast nervösen Schritten näher und erreichte Themistokles und den Drachen, noch bevor diese den halben Weg zum Tor zurückgelegt hatten, wobei er ununterbrochen die Hände rang.

»Willkommen, willkommen!«, sprudelte er los. »Ihr müsst Themistokles sein! Ich bin Ganvas, der Verwalter des Drachenthals. Ihr könnt Euch gar nicht vorstellen, wie sehr wir auf Euch gewartet haben!«

Themistokles ließ seinen Blick langsam über die verfallenen Mauern und abbröckelnden Zinnen schweifen. »Ja, das scheint mir auch so.«

»Oh, lasst Euch nicht vom allerersten Eindruck täuschen«, sagte Ganvas mit einem ebenso breiten wie nervösen Lächeln. »Ich gebe zu, hier müsste das eine

oder andere renoviert werden, aber es sieht schlimmer aus, als es ist.«

»So, so«, sagte Themistokles und machte einen raschen Schritt zur Seite, um nicht getroffen zu werden, als sich ein paar Steine aus der Mauerkrone lösten.

»Die Substanz ist gut, glaubt mir«, versicherte Ganvas. »Und jetzt, wo Ihr hier seid, kann es nur noch besser werden.«

»Ach?«, fragte Themistokles. »Wieso?«

»Nun, weil . . .« Ganvas wirkte ein bisschen verstört. »Also ein so berühmter Zauberer wie Ihr!«, setzte er neu an. »Ich bin sicher, Ihr werdet Drachenthal wieder zu neuem Glanz und Ansehen verhelfen.«

»Wenn ich so gut wäre, dann wäre ich kaum hier«, murmelte Themistokles – wohlweislich so leise, dass Ganvas die Worte nicht hören konnte.

»Euer Ruf ist Euch vorausgeeilt«, fuhr Ganvas aufgeregt fort. »Unsere Zauberlehrlinge sind schon ganz aufgeregt. Sie können es kaum noch erwarten, den berühmten Themistokles kennenzulernen!«

Themistokles warf ihm einen weiteren, schrägen Blick zu, schwieg aber.

Mittlerweile hatten sie die Burg fast erreicht und Themistokles musterte die stehen gebliebene Torhälfte misstrauisch, ehe er das Tor durchschritt. Allerdings nur, um auf der Stelle und wie vom Donner gerührt wieder stehen zu bleiben.

Er hatte nicht erwartet, den Hof vollkommen leer vorzufinden, denn bestimmt war dieser sonderbare Ganvas nicht der Einzige, der seine Ankunft bemerkt hatte; Rangarig zu übersehen, war ja auch so gut wie unmöglich. Aber der Hof war nicht nur *nicht leer*, er war geradezu überfüllt – um nicht zu sagen, er platzte schier aus allen Nähten vor Elfen, Zwergen, Trollen, Gnomen, Heinzelmännchen, Drachen, Riesen, Pixies, Leprechauns, Drachen, Menschen, Drachen, Drachen und noch einmal Drachen. Keiner von ihnen war besonders alt – aber das war natürlich relativ zu sehen. Bei Fabelwesen bedeuteten Jahre nicht unbedingt dasselbe wie bei Menschen. Umgerechnet aber schätzte Themistokles, dass keiner der hier versammelten *Was-auch-immer* alt genug war, um über die fünfte Klasse hinaus zu sein.

Und alle starrten ihn an.

Ausnahmslos.

»Aber . . . aber das ist doch . . .«, begann er.

»Ich habe es Euch doch gesagt, Themistokles«, strahlte Ganvas. »Die Kunde von Eurem Kommen hat sich herumgesprochen und alle unsere Studenten sind erschienen, um Euch zu begrüßen.«

»Ach«, sagte Themistokles, der noch immer ein bisschen fassungslos war. Dann zog er nachdenklich die Augenbrauen zusammen. »Alle Studenten? Aber die Ferien sind doch noch gar nicht zu Ende.«

»Nicht alle verlassen das Drachenthal in den Ferien«, antwortete Ganvas. Er wirkte ein bisschen verlegen. »Es gibt ein paar, die ... die äh ... nicht abgeholt werden.«

»Ein *paar?«* Themistokles ließ seinen Blick nachdenklich über die versammelte Mannschaft streifen. Längst nicht alle von ihnen waren menschlich. Was Ganvas mit ein paar bezeichnet hatte, das waren seiner Meinung nach so ziemlich *alle.* »Und warum nicht?«

»Nun, es gibt da ...« Ganvas begann wieder, unbehaglich die Hände zu ringen. »Es gibt da ein paar Eltern, die ... äh ... verhindert sind ... oder krank ...«

»Aha«, sagte Themistokles. Wenn er es recht bedachte, dann sahen ihn die meisten seiner zukünftigen Zauberschüler zwar neugierig an, aber vielleicht nicht unbedingt freundlich.

»Na ja, und ... und manche Eltern *wollen* ihre Kinder in den Ferien auch gar nicht zurückhaben«, gestand Ganvas.

»So, so«, murmelte Themistokles.

»Einige der uns Anvertrauten sind ... ähm ... vielleicht ein klitzekleines bisschen schwierig«, fuhr Ganvas fort.

»Er meint: Rabauken«, sagte Rangarig hinter ihnen. Er war auf der anderen Seite des Tores stehen geblieben und linste hinein, zögerte aber aus irgendeinem Grund noch, das Tor zu durchschreiten.

»Also so würde ich es nicht unbedingt ausdrücken«, sagte Ganvas hastig. »Sie sind vielleicht ein bisschen wild, der eine oder andere, zugegeben, aber . . .«

»Es sind die größten Rüpel und Flegel, die es landauf, landab gibt«, sagte Rangarig von draußen, während er den Kopf hob und den riesigen Türsturz über sich misstrauisch beschnüffelte. »Heutzutage würde kein anständiger Drache mehr, der was auf sich hält, seine Kinder auf *dieses* Internat schicken.«

»Ach, und das wusstest du?« Themistokles maß den gewaltigen Golddrachen mit einem scharfen Blick. »Hast du mir nicht erzählt, auch du hättest hier zaubern gelernt?«

»Stimmt.« Rangarig lachte grollend. Ein Stein löste sich aus dem Türsturz über ihnen und prallte mit einem hellen *Plink* von seiner Schnauze ab.

»Äh, Meister Themistokles«, begann Ganvas unsicher. »Es ist natürlich Eure Entscheidung, aber es wäre vielleicht besser, wenn . . . wenn Euer Drache nicht hereinkäme. Ich bin nicht sicher, dass die Mauern . . .«

»Ich verstehe«, seufzte Themistokles. »Rangarig, warte bitte draußen.«

»Ich hätte deine Bruchbude sowieso nicht betreten«, murmelte Rangarig, während er die Mauerkrone über sich misstrauisch beäugte.

Themistokles beschloss, das Thema zu wechseln. Er

drehte sich wieder zu Ganvas um. »Und wo sind die anderen Lehrer? Noch in den Ferien?«
»Hm«, machte Ganvas unbestimmt.
»Und was genau heißt: *Hm?«*, bohrte Themistokles nach. Er hatte plötzlich ein sehr sonderbares Gefühl. »Sie kommen doch, nehme ich an?«
»Nun«, antwortete Ganvas, während er immer heftiger die Hände rang, »genau genommen ... ähm ... also eigentlich ...«
»Ja?«, fragte Themistokles.
»Also streng genommen ... öhm ... na ja ... seid Ihr der einzige.«
»Ach so«, sagte Themistokles. Dann riss er die Augen auf und keuchte. *»Wie?!«*
»Wir haben noch eine Lehrerin«, korrigierte sich Ganvas hastig. »Sie ist vor den Ferien abgereist und ich fürchte fast ... also ich meine ... ich bin nicht ganz sicher, ob sie wiederkommt.«
»Wenn ich mich richtig erinnere«, sagte Rangarig von draußen, »waren ihre genauen Worte ›Und sollte ich tausend Jahre alt werden, ich setze nie wieder einen Fuß in dieses Irrenhaus‹.«
Themistokles starrte ihn an. »Könnte es sein, dass du mir die eine oder andere Kleinigkeit verschwiegen hast, mein *Freund?«*
Rangarig lachte, machte aber auch gleichzeitig zwei Schritte zurück und das erwies sich als sehr voraus-

schauend, denn im nächsten Moment löste sich ein ganzer Abschnitt der Mauerkrone und polterte vor ihm zu Boden.

Seufzend drehte sich Themistokles wieder zu Ganvas herum. »Soll das heißen, dass wir beide hier allein sind?«

»Nicht direkt«, antwortete Ganvas ausweichend. »Also, um genau zu sein . . . Euer Drache fliegt doch jetzt wieder zurück nach Gorywynn, oder?«

»Schon, aber . . .«

»Hättet Ihr etwas dagegen, wenn ich mit ihm fliege?«, fragte Ganvas. »Es ist doch ein langer Weg bis Gorywynn und Eurem Drachen macht es sicher nichts aus, mich auf seinem Rücken zu tragen.«

»Ich habe nichts dagegen«, antwortete Themistokles, »aber . . .«

Weiter kam er nicht. Ganvas fuhr auf der Stelle herum, rannte mit weit ausgreifenden Schritten auf Rangarig zu und war mit einem einzigen Satz auf dem Rücken des Drachen.

»Vielen Dank, Meister Themistokles!«, rief er. »Ich wünsche Euch viel Glück!«

Und bevor Themistokles auch nur ein weiteres Wort herausbringen konnte, breitete Rangarig die gewaltigen Flügel aus und schwang sich mit einem einzigen kraftvollen Satz in die Luft. Themistokles starrte ihm fassungslos nach, bis der Drache zu einem winzigen

goldenen Funkeln zusammenschrumpfte und schließlich verschwand.
Hilflos drehte er sich wieder um und ließ seinen Blick über die versammelten Studenten streifen. Immer noch lächelten ihn die versammelten Elfen, Drachen, Einhörner und anderen Fabelwesen erwartungsvoll an. Aber plötzlich war er gar nicht mehr so sicher, dass sie tatsächlich alle *lächelten.* Möglicherweise war der Ausdruck auf dem einen oder anderen Gesicht auch eher ein *Grinsen.*
Themistokles seufzte tief. Das konnte ja heiter werden. Und er musste irgendetwas tun, und zwar sofort, um gleich von Anfang an für klare Verhältnisse zu sorgen – damit diese Rasselbande begriff, dass man ihm mit Respekt zu begegnen hatte.
Aber schließlich – wozu war er ein Zauberer?
Nachdenklich wandte er sich ab und musterte das zur Hälfte offen stehende, zur anderen Hälfte zusammengebrochene Tor. Hatte Ganvas nicht gesagt, dass das Schloss die eine oder andere Renovierung nötig hatte?
Er trat ein paar Schritte zurück, hob die Arme und begann, einen Zauberspruch zu murmeln. Der umgefallene Torflügel zitterte und der andere bewegte sich langsam wieder nach innen.
Nur einen Augenblick später brachte sich Themistokles mit einem Satz in Sicherheit, zu dem wirklich nur

ein Magier imstande war, als sich auch der zweite Torflügel knirschend nach innen neigte, aus den Angeln brach und dann mit gewaltigem Getöse zu Boden stürzte, wo er zerbarst.

Der verwunschene Wald

Es fing schon gut an. *Richtig* gut, dachte Rebekka wütend. Ganz genau so hatte sie sich ihre Ankunft in diesem *Super-Luxus-Internat* vorgestellt. Ha, ha, ha.
Losgegangen war es damit, dass es keine direkte Zugverbindung nach Drachenthal gab und sie nicht nur einmal oder zweimal, nein, *dreimal* umsteigen hatte müssen. Und *selbstverständlich* hatte auch noch der eingesetzte Bus Verspätung gehabt, sodass sie nahezu eine halbe Stunde in der brütenden Augusthitze auf dem gewaltigen Berg aus gepackten Koffern und Reisetaschen gesessen hatte, in dem sich praktisch ihr gesamtes Hab und Gut befand.
Sie war nicht die Einzige, der es so erging. Verteilt auf dem schmalen altmodischen Bahnsteig, der zu einem genauso altmodischen winzigen Bahnhof gehörte, der glatt aus einem uralten Schwarz-Weiß-Film hätte stammen können, saßen noch drei weitere Kinder: zwei Jungen und ein teuer gekleidetes Mädchen mit kurz geschnittenem rotem Haar, das Rebekka über die Entfernung hinweg so feindselig musterte, als mache sie sie ganz allein für ihr Schicksal verantwortlich. Die beiden Jungen schienen netter zu sein; zumindest waren sie ganz normal gekleidet. Komi-

scherweise hielten sie alle gehörigen Abstand voneinander und keiner von ihnen machte auch nur den Versuch, mit den anderen zu reden. Dabei waren sie doch eigentlich Leidensgenossen.
Das änderte sich auch nicht, als nach einer kleinen Ewigkeit endlich ein klappriger alter Kleinbus erschien, auf dessen Türen ein nicht besonders gelungener Drache prangte und darunter der Schriftzug PRIVATSCHULE DRACHENTHAL sowie eine Telefonnummer und eine offensichtlich nachträglich darunter aufgebrachte E-Mail-Adresse. Ein grauhaariger alter Mann, der schwere Wollhosen, Stiefel und eine noch schwerere schwarze Arbeitsjacke trug, als wäre der tiefste sibirische Winter ausgebrochen und nicht Hochsommer, stieg aus, bedachte sie der Reihe nach mit einem durchdringenden und – wie jedenfalls Rebekka fand – fast misstrauischen Blick. Dann wuchtete er ächzend ihr Gepäck in den Wagen und forderte sie mit ungeduldigen Gesten zum Einsteigen auf. Die ganze Zeit über schwieg er.
Der Kleinbus hatte acht Sitze, von denen aber vier von ihrem Gepäck belegt wurden – gut die Hälfte davon gehörte allein Rebekka –, sodass sie sich zu fünft auf die verbliebenen Plätze quetschen mussten. Das rothaarige Mädchen kletterte wie ganz selbstverständlich auf den Beifahrersitz, was sie Rebekka nicht unbedingt sympathischer machte. Aber

sie beherrschte sich. Heute war der erste Tag eines *ganzen Jahres,* das sie zusammen verbringen mussten. Es war vielleicht nicht klug, gleich einen Streit anzufangen.

Die Rothaarige schien das anders zu sehen, denn sie hatte kaum die Tür hinter sich zugezogen, da drehte sie sich auf dem Beifahrersitz um und maß erst die beiden Jungen, dann den Berg aus Gepäck auf den beiden hinteren Sitzbänken und schließlich Rebekka mit einem langen, missbilligenden Blick.

»Dahinten wäre es nicht so unbequem, wenn ein gewisser Jemand nicht seinen halben Hausstand mitgebracht hätte«, stellte sie fest.

»Ja«, antwortete Rebekka. »Ich freue mich auch, euch kennenzulernen. Mein Name ist übrigens Rebekka.« Den Rest ihrer ärgerlichen Antwort schluckte sie herunter. So ganz unrecht hatte die Rothaarige ja nicht …

»Tom«, sagte der ältere der beiden Jungen. Der andere runzelte nur die Stirn und sagte gar nichts, während die Rothaarige Rebekka mit einem Blick bedachte, als müsse sie ernsthaft darüber nachdenken, ob Rebekka überhaupt einer Antwort würdig war. Schließlich zog sie fast angewidert die Nase kraus und sagte: »Mein Name ist Samantha vom Thal. Und kommt bloß nicht auf die Idee, mich *Sam* zu nennen oder *Sammy,* dann kracht es!«

Rebekka setzte zu einer scharfen Antwort an, aber

Tom kam ihr zuvor. »Keine Sorge, Durchlaucht«, sagte er spöttisch. »Wir werden Euer Gnaden mit dem Euch gebührenden Respekt behandeln.«

Auf Samanthas Gesicht braute sich ein Unwetter zusammen, doch diesmal wurde sie vom Fahrer unterbrochen, der die Tür mit solcher Wucht hinter sich zuknallte, dass der ganze Wagen wackelte. »Keinen Streit«, grummelte er. »Wenn ihr euch zanken wollt, macht das oben in der Schule. Ich muss mich auf die Straße konzentrieren.«

Samanthas ganzer heiliger Zorn drohte, sich für einen Augenblick auf ihn zu entladen, aber dann zuckte sie nur die Schultern und drehte sich nach vorne – allerdings nicht, ohne Rebekka vorher noch einen Blick zugeworfen zu haben, der sehr deutlich machte, dass die Sache damit noch nicht erledigt war; *ganz bestimmt nicht.*

Rebekka unterdrückte ein Seufzen. Das fing ja gut an. Sie konnte nur hoffen, dass *Fräulein vom Thal* ein Zimmer bekam, das am anderen Ende des Internats lag ...

Der Motor des Wagens erwachte (nach dem vierten Versuch) hustend zum Leben und das altersschwache Vehikel setzte sich zitternd in Bewegung. Tom verzog das Gesicht, als hätte er auf eine saure Zitrone gebissen, und grinste Rebekka an. Der andere Junge, der sich noch immer nicht vorgestellt hatte, schwieg beharrlich weiter.

Der Bahnhof fiel hinter ihnen zurück und nur einen Moment später auch der ganze Ort – was weiter kein Kunststück war, denn er bestand nur aus einer Handvoll Häusern und einer kleinen Kirche. Wäre Rebekka auch nur etwas besserer Stimmung gewesen, hätte ihr der Ort sicherlich gefallen, denn die Häuser waren zwar alt, aber gepflegt und ausnehmend hübsch, aber sie *war* nicht in guter Stimmung und so suchte sie geradezu nach etwas, was ihr nicht gefallen konnte.
Das lag nicht allein an der anstrengenden Fahrt hierher oder der verunglückten Ankunft. Sie hatte bis zum letzten Moment versucht, ihren Eltern die Idee mit dem Internat auszureden, aber es war ihr nicht gelungen. Noch am allerletzten Abend hatten sie sich heftig gestritten und selbst der Abschied heute Morgen hatte in gedrückter Stimmung stattgefunden. Rebekka bedauerte das sehr und sie hatte ein ziemlich schlechtes Gewissen. Aber nun saßen ihre Eltern schon im Flugzeug nach Amerika und es würde ein ganzes Jahr vergehen, bis sie sich wiedersahen.
Der Kleinbus hatte den Ort hinter sich gelassen und quälte sich schnaufend eine schmale Straße hinauf, hinter der sich leicht verschwommen die Schatten der Berge erhoben, an deren Fuß das Internat lag. Es war ein wunderschöner Anblick, der jedem anderen einen Ausruf des Entzückens entlockt hätte. Rebekka kam es vor, als näherten sie sich dem Ende der Welt.

Sie waren vielleicht eine Viertelstunde gefahren, als sich Rebekka vorbeugte und an den Fahrer wandte: »Wie weit ist es noch, Herr . . .?«
»Noch ziemlich weit. Anton. Und hört auf zu quatschen. Ich muss mich auf die Straße konzentrieren.«
Rebekka blinzelte verwirrt, aber sie verzichtete auf eine Antwort, sondern ließ sich zurücksinken und warf Tom einen fragenden Blick zu, auf den er aber nur mit einem hilflosen Achselzucken reagierte. Dieser Anton war ja nicht gerade ein Ausbund an Freundlichkeit.
Aber nach einer Weile konnte sie ihn fast verstehen. Die Straße wurde nicht nur immer schmaler, sondern schlängelte sich auch in immer steileren Kehren und Windungen bergauf, und als wäre das noch nicht genug, schien es bald mehr Schlaglöcher als Asphalt zu geben. Der Motor ächzte und stöhnte, als wollte er jeden Moment auseinanderfallen, und sie wurden immer langsamer.
»Hoffentlich hält die Karre das durch«, murmelte Tom besorgt. »Der Motor klingt, als würde er jeden Moment verrecken.«
»Ach, und du bist Spezialist für Motoren, wie?«, fragte Samantha spitz.
»Ich versteh was davon, das stimmt«, antwortete Tom. »Mein Vater hat eine Kfz-Werkstatt.«
»Dann hat dir dein Vater bestimmt auch gesagt, dass

man nicht ununterbrochen redet, wenn man im Wagen sitzt«, grummelte Anton und warf Tom einen ärgerlichen Blick über den Spiegel hinweg zu. »Macht euch keine Sorgen. Der Wagen schafft das schon.«
Zumindest *daran* kamen Rebekka im Laufe der nächsten zehn Minuten immer größere Zweifel. Die Straße wurde immer steiler und schlechter und der Wagen immer langsamer, bis sie schließlich nur noch im Fußgängertempo dahinkrochen, und der Motor hörte sich tatsächlich alles andere als gut an. Tom zog eine entsprechende Grimasse, aber er war klug genug, nichts mehr zu sagen.
Was nichts daran änderte, dass er recht zu haben schien. Sie bogen um eine weitere enge Kehre, der Wagen rumpelte in ein Schlagloch, der Motor hustete und ging aus; und das mit einem Geräusch, das sich irgendwie so anhörte, als hätte er damit endgültig aufgegeben.
»Keinen Laut«, sagte Anton mit einem bösen Blick in den Rückspiegel. »Ich will nichts hören.«
Tom grinste. Anton spießte ihn mit Blicken regelrecht auf, löste die Verriegelung der Motorhaube und stieg aus. Tom grinste noch breiter.
Eine Weile verging, in der sie nur Antons Rücken sahen, der über die geöffnete Motorhaube gebeugt war, und dann und wann ein Kopfschütteln. Schließlich richtete sich der grauhaarige Fahrer wieder auf und

bedeutete ihnen mit einer ruppigen Geste, aus dem Wagen zu steigen.

»Endstation«, sagte er. »Der Kühlschlauch ist geplatzt. Ab hier geht's zu Fuß weiter.«

»Zu Fuß?!?«, ächzte Samantha. »Aber das sind mindestens noch drei Kilometer!«

Rebekka fragte sich, woher sie das wusste, aber Anton gab ihr keine Gelegenheit, eine entsprechende Frage zu stellen. »Ein kleiner Spaziergang tut euch ganz gut. Ihr müsst nur dem Weg folgen. Er führt direkt zum Schloss hoch.«

»Kann man den Schlauch nicht reparieren?«, wandte sich Rebekka an Tom.

»Hier?« Tom schüttelte mit gewichtigem Gesichtsausdruck den Kopf. »Nicht ohne das richtige Werkzeug. Außerdem brauchen wir Wasser.«

»Ich kümmere mich schon darum«, sagte Anton grob. »Jetzt macht euch auf den Weg. Euer Gepäck bringe ich später nach.«

»Allein?«, fragte Samantha entsetzt. »Wir sollen allein durch diesen Wald gehen?«

»Keine Angst, Euer Merkwürden«, griente Tom. »Wir passen schon auf Euch auf.«

»Außerdem kann überhaupt nichts passieren, solange ihr auf dem Weg bleibt«, fügte Anton hinzu. Er warf einen missmutigen Blick unter die offen stehende Motorhaube, griff in die Jackentasche und zog ein

supermodernes Handy hervor, das in so krassem Gegensatz zu seinem altmodischen Aussehen stand, wie es nur ging. »Ich kann den Wagen nicht allein lassen, mit all dem Gepäck.«

»Ich laufe nicht zu Fuß«, beharrte Samantha.

»Tja, dann werdet Ihr wohl hierbleiben müssen, Durchlaucht«, sagte Tom spöttisch. »Du kannst ja Anton Gesellschaft leisten. Ich mache mich jedenfalls auf den Weg.« Er sah zuerst in die Richtung des anderen Jungen und blickte dann Rebekka fragend an. Beide nickten.

Sie zögerten noch einen Moment, aber dann machten sie sich auf den Weg und nach einem letzten, trotzigen Blick in die Runde schloss sich ihnen auch Samantha an.

Das erste Stück fiel Rebekka unerwartet leicht. Die Straße stieg zwar steil an, aber nach einem ganzen Tag, den sie in verschiedenen Bahnabteilen gesessen und auf Bahnsteigen herumgestanden hatte, tat es ihr überraschend gut zu laufen. Es war zwar heiß, aber die Luft, die von den Bergen herabstrich, war angenehm kühl und roch nach Wald und Natur und es machte regelrecht Spaß, einen Fuß vor den anderen zu setzen.

Zuerst.

Nach einem knappen Kilometer – wahrscheinlich eher weniger – wurde es zunehmend steiler und sie

begannen, langsamer zu werden. Dazu kam, dass der Wald, der rechts und links der Straße emporwuchs, immer undurchdringlicher wurde. Ihr war bald richtig unheimlich zumute, denn der Wald war wirklich sehr dicht und wirkte manchmal fast schon wie eine schwarzgrün gefleckte massive Mauer. Wäre sie allein gewesen, hätte sie vielleicht sogar kehrtgemacht und wäre zu Anton und dem Wagen zurückgegangen.

Schließlich aber war es nicht Rebekka, sondern Samantha, die zuerst schlappmachte. Sie hatten eine weitere Kurve hinter sich gebracht und vor ihnen stieg die Straße nun *wirklich* steiler an. Samantha machte noch einen einzelnen Schritt, bevor sie sich mit einem erschöpften Seufzen auf eine Baumwurzel sinken ließ, die am Waldrand stand.

»Was ist los?«, fragte Tom. »Du gibst doch wohl nicht auf, so kurz vor dem Ziel?«

»Kurz vor dem Ziel?« Samantha zog eine Grimasse, beugte sich vor und zog einen ihrer Schuhe von den Füßen. Es waren hübsche Schuhe, fand Rebekka, und bestimmt teuer, aber sie waren eher für einen Ball oder allenfalls für einen Spaziergang auf einer noblen Strandpromenade geeignet, kaum für eine Bergwanderung. Selbst Rebekka taten schon die Füße weh, obwohl sie Turnschuhe trug.

»Kurz vor dem Ziel, dass ich nicht lache!« Samantha

schüttelte eine Handvoll winziger Steinchen aus ihrem Schuh, zog ihn wieder an und wiederholte die Prozedur mit dem anderen Schuh. »Wir haben noch nicht einmal ein Drittel geschafft und das schlimmste Stück liegt noch vor uns.«

»Aber Anton hat gesagt . . .«

»Anton«, unterbrach ihn Samantha, »ist ein alter Dummkopf. Das war er schon immer.«

»Du scheinst dich ja hier gut auszukennen«, sagte Rebekka. Sie betrachtete den Baumstumpf, auf dem Samantha hockte, fast neidisch. Am liebsten hätte sie sich auch irgendwohin gesetzt, aber damit hätte sie zugegeben, dass sie genauso erschöpft war wie diese eingebildete Ziege, und das ging ihr gehörig gegen den Strich. Sie blieb stehen.

»Ich war schon einmal hier«, bestätigte Samantha. Sie klang ein bisschen widerwillig.

»So?«, fragte Tom. »Wann?«

»Ist schon eine Weile her.« Samantha schlüpfte auch in ihren anderen Schuh, zog eine Grimasse und stand auf. »Also gut, gehen wir weiter. Vielleicht kommen wir ja noch vor Weihnachten oben an.«

»Ganz wie Ihr wünscht, Majestät«, sagte Tom spöttisch. »Befehlt und wir werden Euch folgen.«

Samantha warf ihm einen Blick zu, der einen Eisberg zum Schmelzen gebracht hätte, enthielt sich aber jeden Kommentars und stolzierte hoch erhobenen

Hauptes los, und Rebekka, Tom und der dunkelhaarige Junge folgten ihr. Rebekka fand es schon ein bisschen komisch, dass er bisher weder seinen Namen genannt noch irgendein anderes Wort gesprochen hatte – aber beinahe noch komischer war, dass sie die Einzige zu sein schien, der das auffiel. Weder Tom noch Samantha hatten dem namenlosen Jungen bisher mehr als einen flüchtigen Blick geschenkt.
Sie marschierten noch ungefähr eine Stunde weiter und die Straße schien einfach kein Ende zu nehmen. Rebekka tat der Rücken weh, ihre Füße schmerzten und ihre Beine schienen mit jedem Schritt schwerer zu werden. Tom und Samantha erging es sichtlich nicht besser, nur der dunkelhaarige Junge marschierte vollkommen ungerührt weiter, als kenne er das Wort Erschöpfung gar nicht.
Und dann war er plötzlich verschwunden.
In einem Augenblick war er noch da gewesen und im nächsten war er es nicht mehr. Rebekka, die den Schluss der kleinen Karawane bildete und nur zwei Schritte hinter dem dunkelhaarigen Jungen ging, blieb überrascht stehen und blinzelte, aber es blieb dabei: Er war verschwunden. Dabei hatte sie nicht mitbekommen, dass er sich rechts oder links in den Wald verdrückt hätte.
Sie wollte nach Tom oder Samantha rufen, aber auch die beiden waren nicht mehr zu sehen – allerdings

ganz einfach deswegen, weil sie um die nächste Kurve der schmalen Straße gebogen waren. Hatte er vielleicht einen Schritt zugelegt und zu den anderen aufgeschlossen? Das konnte sich Rebekka nicht vorstellen, denn sie hätte es mit Sicherheit gemerkt. Vielleicht hatte er doch Antons Warnung in den Wind geschlagen und die Straße verlassen.

Und kaum hatte sie diesen Gedanken gedacht, da sah sie tatsächlich so etwas wie eine Spur am Waldrand – einen abgeknickten Ast, dessen Bruchstelle noch frisch war und der wie ein ausgestreckter Finger tiefer in den Wald hineinwies . . .

Ohne zu überlegen, folgte sie diesem merkwürdigen Wegweiser. Sicherlich wäre es vernünftiger gewesen, bei Tom und Samantha zu bleiben, aber irgendetwas zog sie mit geradezu unwiderstehlicher Gewalt in die andere Richtung.

Dummerweise war der Wald so dicht, dass Rebekka schon nach wenigen Schritten die Orientierung verlor und nach wenigen weiteren Schritten bedauerte, ihrem zukünftigen Klassenkameraden überhaupt gefolgt zu sein. Nun aber war es beinahe zu spät, um umzukehren.

Beinahe – aber nicht ganz.

Rebekka blickte unschlüssig auf die kaum noch sichtbare Fährte des Jungen, auf die dunklen Fußabdrücke, die sich wenige Schritte vor ihr im nahezu un-

durchdringlichen Schatten des Gehölzes verloren. Ganz wohl war ihr nicht bei dem Gedanken, dem leichtsinnigen Dummkopf noch tiefer in diesen unheimlichen Wald zu folgen – aber sie konnte ihn auch nicht mit offenen Augen in sein Unglück rennen lassen. Also blieb ihr kaum etwas anderes übrig, als auf seiner Spur zu bleiben und dabei zu hoffen, dass sie anschließend gemeinsam wieder zur Straße zurückfinden würden.

»Wo bist du?«, rief sie weitaus leiser, als sie gekonnt hätte. In ihrer Stimme schwang ein ängstlicher Unterton mit und darüber hinaus schien dieser unheimliche Wald ihre Worte auf seltsame Weise zu verändern, sodass sie ein Echo zu hören glaubte, das gar kein richtiges Echo war, sondern vielmehr etwas wie das Flüstern lautloser heller Stimmen, die sonderbare Geschichten aus einer längst vergessenen Zeit erzählten. Rebekka war nicht sicher, ob ihr das gefiel.

»Mensch, mach keinen Unsinn!«, rief sie. »Wenn wir uns im Wald verirren, finden wir nie wieder zur Straße zurück!«

Sie bekam auch diesmal keine Antwort, aber dieselbe hässliche kleine Stimme, die ihr vorhin schon zugeflüstert hatte, dass sie sich alles andere als klug verhielt, behauptete jetzt, dass das schon längst passiert sei – und als Rebekka stehen blieb und sich umsah, musste sie zugeben, dass die Stimme recht hatte. Wo-

hin sie auch blickte, sah sie nur Schatten und finstere Baumstämme, die stellenweise so dicht beieinanderstanden, dass ein Durchkommen fast unmöglich schien. Sie hatte sich bereits verirrt.

Dann erblickte sie etwas, das ihr Herz einen erschrockenen Sprung bis in ihren Hals hinaufmachen und dort doppelt so schnell weiterschlagen ließ: Nicht weit vor ihr glitzerte ein gewaltiges Spinnennetz zwischen den Baumstämmen. Es maß sicherlich fünf Meter, wenn nicht mehr, und es war zwar im Moment verlassen, aber allein die *Vorstellung,* welche Art von Spinne nötig war, um ein solches Netz zu weben, jagte Rebekka einen eiskalten Schauer nach dem anderen über den Rücken. So schnell sie konnte, drehte sie sich wieder um und folgte der Spur aus abgeknickten Ästen und gebrochenen Zweigen.

Endlich wurde es wieder hell vor ihr. Rebekka nahm nun keine Rücksicht mehr darauf, ob sie sich die Kleider zerriss oder ihr ein Ast ins Gesicht peitschte, sondern brach so schnell durch das Unterholz, dass sie Mühe hatte, die Spur nicht zu verlieren. Völlig außer Atem und mit klopfendem Herzen stürmte sie aus dem Wald hervor und blieb erst stehen, nachdem sie noch einige weitere Schritte zurückgelegt hatte. Sie merkte erst jetzt, wie düster und unheimlich dieser Wald *wirklich* gewesen war.

Rebekka atmete erleichtert auf, hob den Kopf – und

dann hatte sie diesen Wald mit seinen unheimlichen Geräuschen schlagartig vergessen, denn sie konnte gar nichts anderes mehr tun, als dazustehen und mit aufgerissenen Augen und Mund das fantastische Bild anzustarren, das sich ihr bot.

Vor ihr fiel der Hang noch ein kleines Stück weit ab, bevor er auf der anderen Seite wieder anstieg und zu einem Hügel wurde, auf dem sich das Internatsgebäude erhob. Nur dass es nicht mehr das Internatsgebäude war – jedenfalls nicht das, was sie aus dem Werbeblättchen kannte. Alles war an seinem Platz – der große Turm, die Mauern, das schmucke Hauptgebäude mit der liebevoll restaurierten Fachwerkfassade, die kleine Kirche mit dem grüngoldenen Zwiebelturm – alles war so, wie es sein sollte . . . und zugleich auch ganz anders.

So wie auf dieser Seite des Waldes überhaupt alles irgendwie *anders* war . . . das Gras zum Beispiel: Etwas stimmte mit seiner Farbe nicht, auch wenn Rebekka beim besten Willen nicht hätte sagen können, was. Dazwischen wuchsen Blumen, wie sie sie noch nie zuvor gesehen hatte (übrigens auch in *Farben,* die sie noch nie erblickt hatte), und das, was sie im ersten Moment für Schmetterlinge und Vögel gehalten hatte, war . . . Nein, das war unmöglich. So wenig, wie sie sich zu glauben gestattete, dass es dort drinnen im Wald eine metergroße Spinne gab, weigerte sie sich

einfach zu glauben, dass sie gerade eine *Elfe* gesehen hatte.
Bei dem Einhorn, das einen Moment später aus dem Wald herausgaloppiert kam und mit einem hellen Wiehern den Kopf in den Nacken warf, fiel ihr das schon etwas schwerer . . .
Rebekka kniff die Augen so fest zusammen, dass bunte Sterne vor ihr aufblitzten, und als sie sie wieder aufmachte, war das Einhorn verschwunden. Die Elfen, die wie kleine, libellenflügelige Bienen zwischen den Blumen herumflitzten, waren noch da und auch Schloss Drachenthal sah noch immer so vollkommen *falsch* aus wie zuvor. Und über dem höchsten Turm blitzte etwas sehr Großes und Goldenes in der Luft.
Rebekka kniff die Augen zusammen, um besser sehen zu können – und dann stockte ihr zum zweiten Mal und noch gründlicher der Atem, als sie erkannte, woher das goldene Blitzen in der Luft stammte.
Es war ein Drache.
Nicht das, was man normalerweise unter einem Drachen versteht, nämlich ein trapezförmiges Gebilde aus Leisten und buntem Papier, das man bei günstigem Wind an einer Schnur aufsteigen lassen konnte (bis es von einer Böe zerrissen wurde oder einfach abstürzte, was normalerweise nach wenigen Minuten der Fall war), sondern ein richtiger, echter, leibhafti-

ger Märchendrache, komplett mit Schuppen, Krallen und Flügeln, und das war *ganz und gar unmöglich!*

Rebekka blinzelte.

Der Drache blieb.

Rebekka blinzelte abermals und der Drache blieb noch immer. Wie eine große, golden schimmernde Schlange, die im Wasser herumtollt, bewegte er sich ebenso schnell wie elegant über den Türmen und Zinnen der Burg, wobei seine gewaltigen Schwingen sich fast majestätisch bewegten. *Das war Rangarig, der goldene Drache, das älteste und weiseste magische Geschöpf Märchenmonds, der Welt, in der Legenden Wirklichkeit und die Wirklichkeit Legende ist.*

Verwirrt runzelte Rebekka die Stirn. So unglaublich ihr auch der goldene Drache erschien, der über dem Schloss schwebte und sich einfach weigerte zu verschwinden, sooft sie auch blinzelte, war sie doch noch viel verblüffter von dem, was sie gerade *gedacht* hatte. Rangarig, Märchenmond, Kelhim, Themistokles und Gorg – all diese Worte entstanden ganz plötzlich in ihrem Kopf, aber es waren nicht einfach nur *Worte.* Sie *bedeuteten* etwas, und auch wenn sie noch nicht wusste, was, so spürte sie doch, dass dieses Wissen irgendwo tief in ihr war.

Vor ihr, vielleicht auf halbem Wege zum Schloss, bewegte sich etwas, dann teilte sich das Gras und Peer trat heraus, der Junge, dem sie hinterhergelaufen

war. Auch seinen Namen wusste sie ganz plötzlich, aber darüber wunderte sie sich kaum noch. Er hob die Hand und forderte sie mit einem Wink auf, ihm zu folgen.

Rebekka beschloss, sich über gar nichts mehr zu wundern. Nach einem letzten, fassungslosen Blick zu dem goldenen Drachen hinauf setzte sie sich in Bewegung und lief mit ausgreifenden Schritten auf Peer zu.

Als sie ihn fast erreicht hatte, verschwand er, um ein gutes Stück weiter den Hang hinauf wieder aufzutauchen.

Rebekka blieb stehen, machte ein ärgerliches Gesicht und winkte ungehalten, damit er an Ort und Stelle blieb, eilte dann aber selbst weiter auf ihn zu. Als sie Peer fast erreicht hatte, verschwand er wieder. Diesmal tauchte er oben auf dem Hügel im Gras auf, kaum noch hundert Schritte von dem mächtigen geschlossenen Tor Drachenthals entfernt. Rebekka blieb wieder stehen, murmelte etwas, das wenig damenhaft klang, und beschleunigte ihre Schritte abermals.

Sie hatte Peer fast erreicht, als er – natürlich – verschwand und diesmal unmittelbar vor dem Tor wieder erschien, als hätte er die Kunst des *Beamens* erlernt. Rebekka schimpfte wie ein Rohrspatz und rannte los und das hätte sie besser nicht getan, denn

ihr Fuß verfing sich prompt im hohen Gras und sie schlug der Länge nach hin.
Ziemlich heftig prallte sie auf; möglicherweise sogar heftiger, als ihr im ersten Moment selbst klar war, denn ihr wurde buchstäblich schwarz vor Augen. Es dauerte ein paar Augenblicke, bis sie wieder in der Lage war, sich aufzurappeln. Mit brummendem Schädel und in Gedanken eine lange Liste von Dingen – *unangenehmen* Dingen! – aufstellend, die sie Peer anzutun gedachte, nahm sie das letzte Stück des Weges in Angriff.

Feuer und Sturm

Der größte Hörsaal von Drachenthal war zugleich auch der einzige; ein gewaltiger runder Raum, der ein bisschen an ein altes römisches Amphitheater erinnerte und fast den gesamten östlichen Turm der Burg einnahm. Wie in einer Universität üblich, saßen die Studenten nicht an Tischen, sondern auf halbrunden Bänken, die wie in einem Fußballstadion übereinander angebracht waren, sodass sich das Pult des Lehrers an der niedrigsten Stelle des Raumes befand und die Zauberlehrlinge auf ihn herabblickten.

Und das war ganz und gar nicht das Einzige, was Themistokles missfiel. Es war noch nicht einmal das Schlimmste.

Themistokles haderte wieder einmal mit dem Schicksal – oder immer noch, so genau konnte er das selbst nicht mehr sagen. Nach seiner reichlich verunglückten Ankunft auf Burg Drachenthal hatte er geglaubt, dass es schon nicht mehr schlimmer kommen konnte, aber das hatte sich als Irrtum erwiesen. Es konnte – und es kam.

Nachdem sich das schadenfrohe Gelächter der hundert Studenten gelegt und Themistokles mit einiger Mühe seine Fassung – wenn schon nicht seine Wür-

de – zurückgewonnen hatte, war er zum Gegenangriff übergegangen. Er hatte die ganze Mannschaft für zwei Stunden später hierher bestellt, um seine Antrittsrede zu halten, und die Zeit bis dahin genutzt, um die Burg in Augenschein zu nehmen und sich einen ersten Überblick zu verschaffen.
Fast wünschte er, er hätte es nicht getan.
Um es mit wenigen Worten auszudrücken: Drachenthal war eine Ruine. Es gab fast keinen Raum, der nicht irgendwie baufällig war, fast kein Möbelstück, das unbeschädigt gewesen wäre, und was seine magisch begabten Zöglinge anging ...
Nein, darüber wollte Themistokles lieber erst gar nicht nachdenken. Es reichte ihm völlig, jetzt hier unten zu stehen und in das schadenfrohe Grinsen seiner Schutzbefohlenen zu blicken. Was hatte Ganvas doch gleich gesagt? Die Studenten, deren Eltern sie gar nicht zurückhaben wollten? Im Klartext bedeutete das, dass er es mit den hundert größten Rabauken und Tunichtguten des ganzen Landes zu tun hatte. Ja, es *war* eine Herausforderung, aber Themistokles gedachte, sie zu bestehen.
Er räusperte sich, doch obwohl der Hörsaal so gebaut war, dass selbst der winzigste Laut, der hier unten gesprochen wurde, noch in der hintersten Ecke zu verstehen war, hörte weder der Lärm auf, noch gönnte ihm irgendjemand auch nur eine Spur von Auf-

merksamkeit. Ganz im Gegenteil. In der obersten Reihe begannen sich ein junger Drache und ein Troll zu balgen, wodurch nicht nur der allgemeine Lärmpegel noch stieg, sondern auch etliche Bänke zu Bruch gingen.

Themistokles wiederholte sein Räuspern und diesmal verstärkte er es magisch, sodass es wie Donnergrollen durch den Saal rollte. Wenigstens einige seiner *Studenten* wandten ihm nun ihre Aufmerksamkeit zu, aber der Troll und der Drache hörten nicht auf, sich wie die Kesselflicker zu prügeln. Themistokles seufzte tief, schnippte mit den Fingern und die beiden Kampfhähne fanden sich unversehens hoch oben unter der Decke des Hörsaales wieder, hilflos zappelnd und mit ziemlich verdutzten Gesichtern.

Etliche der anderen Studenten guckten ebenfalls verdattert, aber ein paar begannen auch zu johlen und zu kreischen und die allgemeine Unruhe nahm eher noch zu. Themistokles murmelte einen weiteren Zauberspruch und plötzlich schien er zu seiner zehnfachen Größe anzuwachsen, bis er nicht nur die obersten Bankreihen überragte, sondern sich sein Gesicht beinahe auf gleicher Höhe mit den noch immer hilflos unter der Decke zappelnden Opfern seines ersten Zauberspruches befand.

Aber wenigstens kehrte Ruhe ein.

Vollkommene Ruhe.

»Das ist schon besser«, sagte Themistokles. Er räusperte sich und der Zauberspruch, der immer noch wirkte, sorgte dafür, dass es klang, als stürze die halbe Burg zusammen.
»Das ist ein billiger Trick!«, sagte eine Stimme irgendwo unter ihm. »Er ist gar nicht so groß, sondern sieht nur so aus. Den Trick kenne ich. Mein Vater hat ihn mir gezeigt, aber bei ihm sah er beeindruckender aus.«
»Wer war das?«, donnerte Themistokles. Sein Blick glitt aufmerksam – und auch ein bisschen drohend – über die Reihen der blassen bunten, schmalen, gefiederten, schuppigen und bepelzten Gesichter, die zu ihm aufsahen, aber er bekam keine Antwort. Wenn er ehrlich war, bemerkte er auch nicht besonders viele respektvolle Mienen.
»Das hätte ich mir ja denken können, dass ihr auch noch feige seid«, sagte Themistokles. »Aber wer immer es war, er hat sogar recht. Es *ist* nur ein Zaubertrick. Aber immerhin beherrsche ich ihn. Ich bin nämlich ein Magier und ich bin hierhergekommen, um euch allen das Zaubern beizubringen.«
»Stimmt nicht«, behauptete eine andere Stimme. »Sie haben ihn hierher versetzt, damit er nicht noch mehr Unheil anrichtet. Das pfeifen die Elfen von den Dächern.«
»Mein Name ist Themistokles«, fuhr er ungerührt

fort. »Ich nehme an, der eine oder andere hat schon einmal von mir gehört.« Er legte eine erwartungsvolle Pause ein, aber *diesmal* antwortete niemand und so fuhr er nach einer Weile fort: »Ja, es stimmt: Man hat mich hierher versetzt und am Anfang war ich auch nicht gerade begeistert davon. Aber dann habe ich mich ein wenig über eure Schule informiert, und was ich gehört habe, das hat mich doch nachdenklich gemacht. Früher einmal war die *Universität vom Drachenthal* die erste Adresse für jeden, der zaubern lernen wollte. Nur die Besten der Besten wurden überhaupt angenommen.«

Wieder ließ er seinen Blick über die versammelten Gesichter schweifen. Was er erblickte, das sah nicht gerade nach den Besten der Besten aus, wie er zugeben musste. Dennoch fuhr er mit ruhiger, bedeutungsschwerer Stimme fort: »Ich habe viel Schlechtes über das heutige Drachenthal gehört und auch nicht sehr viel Gutes über die heutigen Zauberschüler. Und wenn ich mich hier so umsehe, dann muss ich gestehen, dass ich fast geneigt bin, es zu glauben.«

Er legte wieder eine Pause ein, zum einen weil es ihm immer schwerer fiel, den Zauber aufrechtzuerhalten, der ihn vermeintlich zwanzig Meter groß sein ließ, zum anderen aber auch, um die Reaktion auf den Gesichtern seiner zukünftigen Zöglinge zu studieren. Noch immer sagte niemand ein Wort, aber es kam

ihm wenigstens so vor, als blicke der eine oder andere schon nicht mehr ganz so gehässig oder als gewahre er hier und da ein nachdenkliches Stirnrunzeln.
Mutiger geworden, fuhr er fort: »Man hat mir gesagt, dass die Jugend von heute schlecht ist. Dass die jungen Leute nur noch an ihr Vergnügen denken, dass sie aufsässig und faul sind, dass sie nicht mehr lernen und arbeiten wollen. Aber wisst ihr was? Ich glaube das nicht. Nicht wirklich. Ihr seid vielleicht . . . ein bisschen anders als wir damals. Ihr habt andere Interessen und Vorlieben und wahrscheinlich haltet ihr uns Alte für ebenso verknöchert und stur, wie wir euch umgekehrt für respektlos und faul.«
Wieder ließ er seinen Blick über die fast hundert Gesichter schweifen, die mittlerweile fast ehrfürchtig zu ihm hochsahen – und die zwei nicht zu vergessen, die auf ihn *herab*blickten. Es war mucksmäuschenstill geworden. Niemand sagte etwas; ja, scheinbar schien noch nicht einmal jemand zu atmen. Er hatte es tatsächlich geschafft, dachte er. So schwer war es gar nicht gewesen. Man musste eben nur wissen, wie man mit diesen jungen Leuten umzugehen hatte.
»Ich glaube, dass wir uns alle irren«, fuhr er fort. »Wenn ich euch so ansehe, dann spüre ich ganz tief in mir, dass ihr gar nicht so schlecht seid. Tief in euch drinnen spürt ihr, dass da etwas Großes in euch ist und dass es nur darauf wartet zu erwachen. Ihr alle

seid magisch begabt, auch wenn der eine oder andere von euch das vielleicht noch gar nicht weiß oder es ihm egal ist. Aber die Wahrheit ist, dass in euch ein gewaltiges magisches Erbe schlummert, eine Kraft, die nur darauf wartet, geweckt und gefördert zu werden.«

Mittlerweile hatte eine fast atemlose Stille von dem großen Hörsaal Besitz ergriffen und aller Augen hingen wie gebannt an Themistokles' Lippen. Der Magier hatte die Stimme leicht erhoben und sein Zauber sorgte dafür, dass sie auch noch bis in den letzten Winkel des gewaltigen Kuppelsaales drang. Sogar Themistokles selbst fühlte einen Schauer der Ehrfurcht. Und dass seine Zauberkraft allmählich nachließ, sodass er langsam, aber beständig wieder kleiner wurde, während er sprach, störte den Effekt nur geringfügig.

»Ich weiß nicht, was man euch über mich erzählt hat«, fuhr er fort, »aber ich bin hierhergekommen, um euer Freund zu sein. Darum lasst uns gemeinsam an die große Aufgabe gehen, Drachenthal wieder zu dem zu machen, was es einmal war: eine Universität, auf die man stolz sein kann!«

Erneut lief Themistokles ein ehrfürchtiger Schauer über den Rücken. Es war noch immer mucksmäuschenstill und alle starrten ihn an. Er spürte, dass sich etwas im Raum geändert hatte. Anscheinend – nein:

sicher! – hatten seine Worte etwas in dieser Rasselbande berührt. Man musste eben nur wissen, wie man mit diesen jungen Leuten umzugehen hatte!

»Nun?«, fragte er mit dem mildesten und väterlichsten Lächeln, das er zustande bringen konnte. »Was haltet ihr von meinem Vorschlag? Sind wir uns einig?«

Noch einmal herrschte für einen Moment buchstäblich atemlose Stille – und dann brach die komplette Hundertschaft versammelter Schüler in grölendes Hohngelächter aus.

»Was ... was ist denn jetzt los?«, murmelte Themistokles verdattert.

Das Ergebnis seiner Frage war ein noch lauteres Gelächter, das einfach kein Ende nehmen wollte. Einige Schüler hielten sich vor Lachen den Bauch und zwei oder drei fielen glatt von ihren Bänken. Themistokles fühlte sich immer hilfloser. Er merkte nicht einmal, dass er mittlerweile schon fast wieder auf seine normale Größe zusammengeschrumpft war und immer noch kleiner wurde.

»Das ist jetzt aber genug«, sagte er. Nicht dass seine Worte irgendeine Wirkung gezeigt hätten; ganz im Gegenteil – das Lachen, Johlen und Gackern wurde immer noch lauter, als hätte er den besten Witz des Jahrhunderts zum Besten gegeben.

»Ruhe jetzt!«, sagte Themistokles streng. Das Hohn-

gelächter wurde noch lauter und Themistokles murmelte einen Zauberspruch und brüllte mit magisch verstärkter Stimme, die die Fenster klirren und Bänke und Pulte erbeben ließ: *»RUHE!«*

Diesmal verstummte der Lärm tatsächlich – wenn auch vielleicht nur, weil den meisten Schülern so sehr die Ohren klingelten, dass sie ihre eigene Stimme sowieso nicht mehr verstanden hätten. Das hieß: Das Gelächter verstummte *fast*. In einer der vorderen Bankreihen wurde noch immer gekichert und gestikuliert.

Themistokles maß die vier Übeltäter mit einem scharfen Blick. Es handelte sich um zwei junge Drachen, einen dürren Zwerg, dessen Alter Themistokles unmöglich schätzen konnte, weil Zwerge irgendwie *immer* uralt aussahen, selbst wenn sie kaum Laufen gelernt hatten, und ein struppiges Etwas, das nur aus Fell, Augen und ziemlich vielen Beinen zu bestehen schien.

»Habe ich mich nicht klar genug ausgedrückt?«, fragte Themistokles. Er sprach nicht einmal mehr sehr laut, aber er schnippte fast beiläufig mit den Fingern und plötzlich strich ein eiskalter Lufthauch über die Randalierer, eisig genug, um ihren Atem gefrieren und glitzernde Eiskristalle in ihren Haaren und auf ihren Schuppen erscheinen zu lassen. Endlich verstummten auch sie und sahen Themistokles gleichermaßen erschrocken wie überrascht an.

»Das ist schon besser«, sagte Themistokles. Er bemühte sich, gehörige Schärfe in seinen Blick zu legen, aber es gelang ihm nicht wirklich. Was es ihm einigermaßen schwer machte, Respekt einflößend auszusehen, war der Umstand, dass er sich plötzlich auf die Zehenspitzen stellen musste, um die Rabauken über den Rand seines Pultes hinweg anzusehen. Erst danach fiel ihm auf, dass sein Größenzauber immer noch wirkte, sich mittlerweile aber ins Gegenteil verkehrt hatte: Er war längst kleiner, als er es sein sollte, und korrigierte seinen Fehler hastig, bevor er auf die Größe einer Küchenschabe zusammenschrumpfen und womöglich durch die Ritzen der Fußbodenbretter fallen konnte.

Selbstverständlich war sein Missgeschick nicht unbemerkt geblieben. Auf dem einen oder anderen Gesicht erschien schon wieder ein mühsam unterdrücktes Grinsen; auch wenn sich etliche Schüler noch immer die Ohren zuhielten.

»Wie es scheint, habe ich ja wohl etwas sehr Lustiges gesagt«, grollte Themistokles. Er beugte sich mit eng zusammengekniffenen Augen vor und fixierte den größeren der beiden Drachen, der dunkelrot glitzernde Schuppen, abstehende Ohren und fast lächerlich kleine Flügel hatte. »Du da!«, sagte er streng. »Wie ist dein Name?«

Im ersten Moment antwortete der Drache nicht ein-

mal. Er blickte Themistokles nur trotzig an und entblößte dann ein gutes Dutzend handlanger Zähne zu etwas, das nur mit wirklich *sehr viel* gutem Willen als Grinsen durchging.

»Feuer«, sagte er schließlich widerwillig.

»Und du?« Themistokles wandte sich an den zweiten Drachen. Er war etwas kleiner, hatte stumpfgraue Schuppen und sehr große Flügel, die er eng zusammengelegt wie einen Mantel auf dem Rücken trug.

»Sturm«, antwortete der Drache.

Themistokles musste einen Moment lang nachdenken, bis ihm einfiel, was diese seltsamen Namen zu bedeuten hatten – nämlich genau das, wonach sie klangen. Bei Drachen war es üblich, ihnen erst dann einen wirklichen Namen zu geben, wenn sie fast erwachsen waren und ihre Ausbildung abgeschlossen hatten. Bis es so weit war, benannte man sie einfach nach der stärksten magischen Kraft, über die sie geboten.

»Sturm und Feuer, so«, seufzte er.

»Feuer und Sturm«, verbesserte ihn Feuer.

Themistokles runzelte die Stirn. Plötzlich hatte er das Gefühl, dass er mit diesen beiden noch eine Menge Ärger bekommen würde. »Also gut. Ihr beide – und eure beiden Freunde, die meine Rede ja anscheinend so lustig finden, meldet euch in einer Stunde bei mir.«

»In einer Stunde wollten wir uns zum Wettfliegen am Waldrand treffen«, maulte Feuer.

»Tja, daraus wird wohl nichts werden, fürchte ich«, antwortete Themistokles. Etwas lauter fuhr er fort: »Und für die anderen wohl auch nicht. Ich möchte, dass ihr mir noch heute eure Schulbücher und Arbeitshefte zeigt, damit ich mir einen Überblick über den Stand eurer Ausbildung verschaffen kann.«
Seine Worte lösten eine allgemeine Unruhe aus, in die sich auch die eine oder andere ärgerliche – oder auch ganz unverhohlen wütende – Bemerkung mischte.
»Aber wir treffen uns jeden Abend draußen am Waldrand!«, protestierte Feuer.
»Und außerdem sind noch zwei Tage Ferien!«, fügte Sturm hinzu.
»Genau!«, sagte Themistokles streng. »Ihr vier meldet euch in einer Stunde bei mir, die anderen danach. Und nun geht auf eure Zimmer!«
Wenn er gedacht hatte, dass sein Befehl sofort befolgt werden würde, so hatte er sich getäuscht. Im allerersten Moment rührte sich niemand. Sämtliche Schüler blickten ihn nur verstört an – das heißt: nicht *sämtliche.* Von einer ganz bestimmten Bank trafen ihn eher *zornige* Blicke –, und erst nachdem Themistokles seine Worte mit etwas mehr Nachdruck wiederholt hatte, begannen sich die Bankreihen, nach und nach zu leeren; und es bedurfte noch eines weiteren, strafenden Räusperns des Zauberers, bis der Saal vollkommen leer war.

Und *vollkommen leer* war er nicht einmal dann. Themistokles trat hinter seinem Pult hervor und ließ seinen Blick über die langen, sich allmählich leerenden Bankreihen gleiten. Ein wenig länger verharrte er auf Feuer, Sturm und ihren beiden merkwürdigen Begleitern, die sich nur widerwillig zurückzogen. Er war kein bisschen überrascht, als sich Feuer unter dem Ausgang noch einmal umdrehte und ihm einen Blick zuwarf, der schon fast drohend wirkte.

»Mit den beiden werdet Ihr noch Ärger bekommen.«

Es dauerte einen Moment, bis Themistokles klar wurde, dass jemand die Worte laut ausgesprochen hatte, denn sie deckten sich nahezu hundertprozentig mit dem, was er gerade selbst – und leicht beunruhigt – gedacht hatte. Ein wenig irritiert sah er sich um und gewahrte den Sprecher schließlich unweit der Stelle, an der Feuer und Sturm gerade gesessen hatten. Es war ein schlanker dunkelhaariger Junge, der einen einfachen Anzug aus dunkelbraunem Wildleder trug und weder über zusätzliche Gliedmaßen noch über Schuppen, Federn oder gar Flügel verfügte. Er sah Themistokles mit eindeutiger Sorge im Blick an.

»Damit magst du recht haben, mein Sohn«, seufzte Themistokles bekümmert. »Aber wer bist du?«

»Ich bin Peer Andermatt«, antwortete der Junge.

Themistokles kramte einen Moment in seinem Gedächtnis, dann nickte er. Peer war in diesem Fall kein

Name, sondern ein Titel, der nicht unbedingt dem eines Prinzen gleichkam, aber auch nicht sehr weit davon entfernt war, und *Andermatt* war der Name des Königsgeschlechts von Caivallon, der Herrscher über das stolze Volk der Steppenreiter.

»Diese vier sind die schlimmsten Rüpel der ganzen Schule«, fuhr Andermatt fort. »Sie und ihre Drachenbande terrorisieren ganz Drachenthal.«

»Ich weiß«, seufzte Themistokles. »Ich werde mich zu gegebener Zeit damit befassen. Aber sag, Andermatt: Was tust du hier? Soweit ich weiß, ist das Volk der Steppenreiter nicht magisch begabt. Was also tut der zukünftige König von Caivallon auf einer magischen Universität?«

»Ihr sagt es, Meister Themistokles«, antwortete Andermatt. Er wirkte sehr ernst; viel ernster, dachte Themistokles, als ein Junge seines Alters sein sollte. »Eines Tages werde ich der Herrscher über Caivallon sein und somit über einen großen Teil Märchenmonds. Mein Vater hielt es für wichtig, dass ich auch ein wenig über Magie lerne. Selbst wenn ich sie nicht anzuwenden vermag.«

Das mochte stimmen, aber Themistokles hatte das sichere Gefühl, dass Peer Andermatt noch einen anderen, ganz privaten Grund für seine Anwesenheit hatte. »Und du?«, fragte er. »Was willst *du* hier – außer dem Wunsch deines Vaters zu folgen, meine ich?«

Andermatt lächelte, aber er beantwortete Themistokles' Frage nicht. Er lächelte ihn nur noch eine Weile mit einem sonderbaren Ausdruck an, dann wandte er sich ab und verließ gemessenen Schrittes den Hörsaal.
Themistokles wollte ihm folgen, aber als er unter der Tür angelangt war, blieb der junge Steppenreiter noch einmal stehen und drehte sich um. »Meister Themistokles.«
»Ja?«, fragte der alte Magier.
Andermatt lächelte fast verlegen und deutete wortlos nach oben, und als sein Blick der Geste folgte, fuhr Themistokles leicht erschrocken zusammen.
Bevor auch er den Hörsaal verließ, schnippte er rasch mit den Fingern, um den Troll und den jungen Drachen zu befreien, die noch immer hilflos unter der hohen Kuppeldecke zappelten . . .

Bestraft für nichts

Irgendetwas stimmte nicht. Schloss Drachenthal war schon wieder nicht so, wie es sein sollte – oder vielleicht war es jetzt wieder so, wie es sein sollte, wenigstens wenn sie den Fotos in diesem Werbeblättchen glaubte; aber wer sagte ihr eigentlich, dass die Bilder Drachenthal so zeigten, wie es sein sollte . . .?

Rebekka beschloss, den Gedanken lieber nicht weiterzuverfolgen, denn er führte sowieso zu nichts anderem als einem Knoten im Gehirn und Kopfschmerzen, und *davon* hatte sie im Moment wahrlich schon genug.

Sie hatte sich kräftig verschätzt. Was nach wenigen Schritten ausgesehen hatte, bevor sie gestolpert und auf der Nase gelandet war, das hatte sich, nachdem sie sich hochgerappelt hatte, als Fußmarsch von bestimmt noch zehn Minuten herausgestellt, sodass ihr hinlänglich Zeit blieb, sich nicht nur abwechselnd selbst leidzutun und sich für ihre eigene Dummheit zu verfluchen, sondern sich das Schloss, das für die nächsten zwölf Monate ihre Heimat werden sollte, auch in aller Ruhe anzusehen. Seltsam: Sie hätte geschworen, dass das gewaltige Tor, das in den Innenhof Drachenthals führte, nur *einen* Flügel gehabt hatte . . .

Rebekka ging schneller, als sie die Gestalt sah, die unter dem Tor erschien und ihr – eindeutig ungeduldig – zuwinkte. Das Schloss kam ihr immer noch ein wenig . . . sonderbar vor, aber sie weigerte sich jetzt ganz einfach, länger darüber nachzudenken. Die Erklärung lag auf der Hand: Sie bildete sich zwar nach wie vor ein, nicht nur einen Drachen, sondern auch ein Einhorn, Elfen und noch eine ganze Menge anderer ganz und gar unmöglicher Geschöpfe gesehen zu haben (von der Besitzerin eines gewissen riesengroß geratenen Spinnennetzes einmal ganz abgesehen), aber immerhin hatte sie sich ziemlich heftig den Kopf gestoßen. Vermutlich spielte ihr einfach ihre Fantasie einen bösen Streich.

Sie beschleunigte ihre Schritte noch ein wenig, und je näher sie dem Tor und damit der einsamen Gestalt kam, die darunter auf sie wartete, desto mehr vergaß sie den Drachen und das verzauberte Land, die sie zu sehen geglaubt hatte. Es war eine Frau. Rebekka vermochte nicht zu sagen, ob sie fünfzig, sechzig oder noch ein paar Jahre älter war (auf jeden Fall war sie *alt),* und dadurch, dass sie ganz in Schwarz gekleidet war und das Haar zu einem strengen Knoten zusammengebunden hatte, wirkte sie zu allem Überfluss auch noch verbissen. Schon lange bevor sie sie erreicht hatte, spürte Rebekka einfach, dass diese Frau *Ärger* bedeutete. Mächtigen Ärger.

Schon die ersten Worte, die die dunkel gekleidete Frau zu Rebekka sagte, schienen ihre schlimmsten Befürchtungen zu bestätigen. Ihre Augen, die halb hinter einer winzigen, randlosen Brille verborgen waren, blitzten zornig und sie hielt sich auch nicht lange mit einer Begrüßung auf, sondern fuhr sie in scharfem Ton an: »Schön, dass du auch schon kommst! Wo um alles in der Welt hast du dich herumgetrieben? Ist dir eigentlich klar, in welcher Sorge wir um dich waren? Und kannst du dir vorstellen, wie viele Leute nach dir gesucht haben?«

Das waren drei Fragen auf einmal, aber die Frau gab Rebekka nicht einmal Gelegenheit, auch nur eine davon zu beantworten, sondern begann, wie wild mit beiden Händen in der Luft herumzufuhrwerken, und fuhr mit schriller, fast hysterischer Stimme fort: »Mein Name ist Bienenstich. *Fräulein* Bienenstich, um genau zu sein.« Das drohende Funkeln in ihren Augen nahm zu, als sie sah, wie schwer es Rebekka fiel, den gebotenen Ernst zu wahren, als sie den Namen hörte. Leiser, aber mit einem deutlich drohenden Unterton in der Stimme fuhr sie fort: »Und um das gleich klarzumachen: Alle Witze über meinen Namen sind schon gemacht. Und ich kann über keinen davon lachen.«

»Aha«, sagte Rebekka – was ihr im Moment noch die intelligenteste Antwort schien.

Fräulein Bienenstich jedenfalls gab sich damit zufrieden und beließ es dabei, Rebekka noch einen Moment lang mit Blicken aufzuspießen, dann fuhr sie auf dem Absatz herum und eilte im Sturmschritt davon, sodass Rebekka fast Mühe hatte, ihr zu folgen.
Sie traten durch das Tor, überquerten den Hof und je mehr sie sich dem Hauptgebäude näherten, desto mulmiger wurde Rebekka zumute. Das Innere des Schlosshofes war weitaus größer, als sie angenommen hatte, und es gab noch eine ganze Anzahl kleinerer, ausnahmslos liebevoll restaurierter Gebäude, die von außen gar nicht sichtbar gewesen waren. Genau in der Mitte des Hofes wuchs eine gewaltige Eiche, die aussah, als wäre sie mindestens tausend Jahre alt, aber für all das hatte Rebekka in diesem Moment kaum mehr als einen Blick übrig. Ihre ganze Konzentration galt der langen Doppelreihe aus Jungen und Mädchen, die so präzise wie mit einem Lineal ausgerichtet vor der großen Freitreppe Aufstellung genommen hatten, die zum Haupthaus hinaufführte. Irrte sie sich oder sahen die meisten ihrer zukünftigen Mitschüler sie reichlich verärgert – oder auch gehässig – an?
Gleichwie: Der Weg über den Hof und bis ans Ende der doppelten Schlange kam ihr wie ein Spießrutenlauf vor . . .
Sie entdeckte Tom, ihren neuen Freund, zwischen

den anderen Schülern und wollte unverzüglich zu ihm eilen, doch Fräulein Bienenstich hielt sie mit einer knappen Handbewegung zurück, die ein bisschen so aussah, als schlüge sie mit einer unsichtbaren Peitsche. Rebekka blieb abrupt wieder stehen und zog sogar den Kopf ein und Fräulein Bienenstich lächelte; zwar eindeutig zufrieden, aber auch ungefähr so warm wie ein Eisbrocken, der direkt aus der Antarktis importiert worden war.

»Nun, nachdem wir endlich alle eingetroffen sind«, begann sie, wobei sich Rebekka des Gefühles nicht erwehren konnte, dass sie jedes einzelne Wort wie einen kleinen Giftpfeil gezielt in ihre Richtung abschoss, »kann ich ja endlich die Rede halten, mit der ich euch schon sehr viel früher begrüßen wollte.«

Die ärgerlichen Blicke, mit denen die anderen Schülerinnen und Schüler sie musterten, nahmen an Intensität zu und Rebekka fühlte sich mit jeder Sekunde unbehaglicher. Sie konnte das Gefühl nicht begründen, aber sie spürte, dass es da irgendetwas gab, was außer ihr jeder hier wusste und das – schlimmer noch – etwas mit *ihr* zu tun hatte. Ihr Blick suchte den Toms; sie las nichts als Erleichterung, aber auch ein bisschen Mitleid in seinen Augen. Dann begegnete sie dem Blick Samanthas, und was sie in *ihren* Augen las, das war purer Hass. Rasch sah sie weg und suchte nach Peer, dem sie die ganze peinliche Situation

schließlich zu verdanken hatte, konnte ihn aber nirgends entdecken.
Nachdem sie eine angemessene Zeit hatte verstreichen lassen, räusperte sich Fräulein Bienenstich gekünstelt, trat direkt hinter Rebekka und legte ihr eine ebenso schmale wie knochige Hand auf die Schulter.
»Ich bin eurer neuen Mitschülerin hier sehr dankbar«, begann sie, »denn obwohl sie mir etliche Stunden Kopfzerbrechen und Sorge bereitet hat, hat sie mir im Grunde doch einen Gefallen getan.«
Rebekka widerstand der Versuchung, den Kopf zu drehen und Fräulein Bienenstich fragend anzusehen. Sie verstand kein Wort und sie begriff immer weniger, was hier überhaupt vorging.
»Die meisten von euch«, fuhr Fräulein Bienenstich nun in überheblichem Ton fort, »sind schon lange genug hier, um unsere Regeln zu kennen. Für alle neuen Schüler aber gilt Folgendes: Ihr werdet in den nächsten Tagen entdecken, dass Schloss Drachenthal etwas ganz Besonderes ist. Ihr habt hier alles, was ihr braucht, und beinahe alle Freiheiten, die ihr euch wünscht. Aber natürlich gibt es auch Regeln. Viele davon werden euch überflüssig vorkommen, manche vielleicht sogar unfair und über die eine oder andere können wir sicherlich auch reden. *Eine* Regel aber gilt unumstößlich und ohne Ausnahme für alle: Niemand – wirklich *niemand* – entfernt sich ohne Er-

laubnis von den anderen und *ü-ber-haupt nie-mand* geht allein in den Wald.«

Alle starrten Rebekka an und Fräulein Bienenstich baute sich wie ein Scharfrichter vor ihr auf.

»Diese Regel besteht aus einem guten Grund, junge Dame«, fuhr sie fort. »Die Wälder hier sind gefährlich. Selbst die Einheimischen betreten sie nicht ohne Not. Du hast nicht nur dich, sondern auch alle die in Gefahr gebracht, die nach dir gesucht haben.«

»Ja, und deinetwegen stehen wir alle seit Stunden hier auf dem Hof und braten in der Sonne«, fügte Samantha im Flüsterton hinzu – trotzdem aber laut genug, dass auch Fräulein Bienenstich und Rebekka es hören mussten. Das drohende Glitzern in ihren Augen machte überdies klar, dass die Angelegenheit damit noch lange nicht erledigt war.

Fräulein Bienenstich warf ihr einen mahnenden Blick zu, wandte sich dann aber wieder an Rebekka, ohne etwas gesagt zu haben. »Ich erspare mir die Frage, wo du so lange gewesen bist«, fuhr sie fort. »Aber hat dir Anton nicht gesagt, dass es strengstens verboten ist, den Weg zu verlassen?«

Genau so, dachte Rebekka, *hat er es eigentlich nicht gesagt.* Und was hieß überhaupt *so lange?* Sie war doch allerhöchstens zehn Minuten im Wald gewesen und dann vielleicht noch einmal dieselbe Zeit draußen auf der Wiese, auf der sie sich eingebildet hatte, das

Einhorn und die Elfen zu sehen. Eigentlich war es sogar erstaunlich, dass Samantha und Tom überhaupt schon hier waren.

»Nun?«, fragte Fräulein Bienenstich, als sie nicht sofort antwortete.

»Ich . . . ich wollte nicht von der Straße abweichen«, verteidigte sich Rebekka.

»Verstehe«, sagte Fräulein Bienenstich spöttisch. »Jemand hat dich gezwungen, wie?«

»Ich wollte doch nur Peer zurückholen!«

»Peer?«, fragte Fräulein Bienenstich. »Wer soll das sein?«

»Na, der . . . der andere Junge, der am Bahnhof mit in den Bus gestiegen ist«, antwortete Rebekka. Fräulein Bienenstich sah sie stirnrunzelnd an – und Rebekka las in ihren Augen, dass sie *wirklich* nicht verstand, wovon sie sprach –, sodass Rebekka sich fast Hilfe suchend nach Tom umdrehte. Aber auch er blickte sie nur völlig verwirrt an. Ganz allmählich wurde Rebekka mehr als nur *ein bisschen* mulmig zumute.

»Welcher *andere* Junge?«, hakte Fräulein Bienenstich nach. Als Rebekka nicht sofort antwortete, verdüsterte sich ihr Gesicht und sie fuhr auf dem Absatz herum und rief mit lauter, unangenehmer Stimme nach Anton. Es dauerte nur einen Moment, bis der Gerufene mit hastigen Schritten herbeigeeilt kam.

»Ist außer Rebekka, Tom und Fräulein vom Thal

noch jemand am Bahnhof eingestiegen, Anton?«, fragte Fräulein Bienenstich.
»Noch jemand?« Anton schüttelte heftig den Kopf. »Natürlich nicht! Wer sollte das gewesen sein?«
»Das fragst du am besten unsere neue Schülerin hier«, antwortete Fräulein Bienenstich, während sie sich bereits wieder ganz Rebekka zuwandte und fragend den Kopf auf die Seite legte.
»Wer soll das gewesen sein?«, fragte nun auch sie, direkt an Rebekka gewandt.
Rebekka setzte zu einer geharnischten Antwort an, aber dann sah sie noch einmal zu Tom und Samantha hin und plötzlich wurde ihr klar, dass auch diese beiden Peer *ganz offensichtlich nicht gesehen hatten!* Aber das war doch gar nicht möglich!
»Nun?«, fragte Fräulein Bienenstich. Ihre Augen wurden so schmal wie ihre Lippen.
Rebekkas Gedanken überschlugen sich. Es war doch vollkommen unmöglich, dass sie sich den dunkelhaarigen Jungen nur eingebildet hatte. Sie hatte doch mit ihm *gesprochen!* Aber dann schluckte sie eine entsprechende Antwort im letzten Moment hinunter. Immerhin hatte sie sich vorhin ja auch eingebildet, einen leibhaftigen Drachen zu sehen!
»Ich ... ich weiß nicht«, sagte sie kleinlaut. »Vielleicht habe ich mich ja auch getäuscht.«
»Du bist also auch noch feige«, seufzte Fräulein Bie-

nenstich. Sie schüttelte den Kopf. »Na, das hätte ich mir ja eigentlich denken können. Und dann weißt du sicher auch nicht, wo du über zwei Stunden lang gewesen bist.«

»Über zwei Stunden?«, wiederholte Rebekka ungläubig.

»Fast drei, um genau zu sein.«

»Aber es waren doch höchstens zwanzig Minuten!«, protestierte Rebekka und verbesserte sich hastig. »Ich meine: Es . . . es kam mir vor wie höchstens zwanzig Minuten.«

Ich glaube dir kein Wort, sagte Fräulein Bienenstichs Blick. Sie sagte jedoch nichts, sondern hob nur die Schultern und seufzte abermals und tief. »Du wirst noch genug Gelegenheit haben, darüber nachzudenken, wo du in diesen *zwanzig Minuten* gewesen bist.« Etwas lauter und an alle gewandt, fuhr sie fort: »Für die nächste Woche sind alle Privilegien gestrichen. Und der Unterricht beginnt bereits heute Abend. Für alle.«

»Heute Abend?«, ächzte Samantha. »Aber die Ferien gehen doch noch bis morgen!«

»Bedankt euch bei eurer neuen Mitschülerin«, sagte Fräulein Bienenstich. Sie klatschte in die Hände. »Und nun geht auf eure Zimmer. Anton hat euer Gepäck bereits hochgebracht. An der Tafel drinnen in der Halle ist angeschlagen, wer in welchem Zimmer untergebracht ist und mit wem.«

Murrend und alles andere als schnell begannen sich die gut hundert Schüler aufzulösen und mehr als nur *ein* zorniger Blick streifte Rebekka. Auch sie bewegte sich langsam die Treppe hinauf und auf den Eingang zu, aber sie tat es wirklich *sehr* langsam und es war kein Zufall, dass sie das Haus als Allerletzte betrat und in großem Abstand zu den anderen Schülern. Sie fühlte sich erbärmlich und wäre am liebsten im Boden versunken.

Der Anblick, der sich ihr bot, war ebenso wenig wie alles andere dazu angetan, ihre Laune zu heben. So freundlich und verspielt das Äußere des Schlosses auch sein mochte, sein Inneres wirkte düster und Ehrfurcht gebietend. Die Wände waren mit dunklem, fast schwarzem Holz getäfelt, und obwohl die Decke sehr hoch war, wirkte der Raum beengt wie eine Höhle, denn sie wurde von schwarzen Balken getragen und war mit ebenfalls nachtfarbenem Holz getäfelt.

Auf der anderen Seite der großen Halle gab es eine Theke wie in einem großen Hotel, hinter der ein älterer Mann stand, der die lärmende Hundertschaft Kinder mit deutlich zur Schau getragener Missbilligung musterte. Obwohl die große Eingangstür offen blieb, hatte Rebekka plötzlich das Gefühl, ein Verlies zu betreten, dessen Gitter hinter ihr ins Schloss fielen; ein Schloss überdies, das sich nie wieder öffnen ließ.

»Lass den Kopf nicht hängen«, sagte eine Stimme hinter ihr.
Rebekka schrak heftig zusammen und fuhr in der gleichen Bewegung herum. Sie hatte nicht einmal gemerkt, dass Tom zu ihr zurückgekommen war und sie nun mitfühlend ansah.
»Würde ich ja gerne«, antwortete Rebekka, »aber so leicht ist das im Moment gar nicht.«
»Wegen Fräulein Bienenstich?«, fragte Tom. Er versuchte, aufmunternd zu lächeln, aber es misslang kläglich. »Mach dir nichts draus. Der alte Drachen ist bekannt dafür, Haare auf den Zähnen zu haben.«
»Du kennst Fräulein Bienenstich?«, fragte Rebekka.
Tom nickte heftig. »Klar. Ich hatte schon ein Jahr lang das Vergnügen.«
»Oh«, sagte Rebekka. »Dann . . . dann sind wir gar nicht in derselben Klasse?« Es gelang ihr nicht ganz, den enttäuschten Unterton aus ihrer Stimme zu verbannen.
Tom schwieg einen Moment. Dann machte er: »Hm.« Es klang irgendwie verlegen, fand Rebekka.
»Hm?«, wiederholte sie.
Tom druckste einen Moment herum. »Ich . . . ähm . . . ja . . . also . . .«, begann er. »Ich . . . äh . . . drehe sozusagen eine Ehrenrunde.« Er räusperte sich. »Könnte man sagen.«
»Könnte man sagen?« Es gelang Rebekka nicht ganz,

ein Grinsen zu unterdrücken. »Du meinst, du bist sitzen geblieben?«

»Hm«, machte Tom abermals. Er wirkte plötzlich so verlegen, dass es Rebekka angeraten schien, das Thema zu wechseln.

»Na, dann kannst du mir ja bestimmt erzählen, wie das alles hier so läuft«, sagte sie.

»Eigentlich ist es gar nicht so schlimm«, antwortete Tom, sichtlich erleichtert, über etwas anderes reden zu können. »Abgesehen von Fräulein Bienenstich vielleicht. Aber solange du weißt, wie du mit ihr umzugehen hast, ist sie ganz in Ordnung. Es gibt ein paar Dinge, die sie gar nicht leiden kann.«

»Neue Schüler zum Beispiel, die gegen Regeln verstoßen, die sie gar nicht kennen«, vermutete Rebekka.

Jetzt sah *Tom* aus, als suche er krampfhaft nach einem Weg, das Thema zu wechseln. Aber schließlich machte er eine Bewegung, die eine Mischung aus einem Nicken und einem Achselzucken war. »Na ja, das war ehrlich gesagt auch wirklich nicht besonders clever. Ich meine: Biene hat recht, weißt du?«

»Biene?«

»Fast alle hier nennen sie so«, antwortete Tom. Mit einem breiten Feixen fügte er hinzu: »Natürlich nur wenn sie es nicht hört. Sie ärgert sich nämlich schwarz darüber.« Dann wurde er schlagartig wieder

ernst. »Aber in diesem Fall hat sie recht. Es war ziemlich leichtsinnig von dir, die Straße zu verlassen. Die Wälder hier sind wirklich gefährlich. Sogar Einheimische verirren sich manchmal darin. Angeblich sollen schon Menschen in den Wäldern verschwunden und niemals wieder aufgetaucht sein.« Er schüttelte seufzend den Kopf. »Warum hast du das gemacht? Weißt du eigentlich, dass du mir einen Riesenschrecken eingejagt hast?«

»Das war doch nicht meine Schuld!«, verteidigte sich Rebekka. »Ich wollte doch nur Peer . . .« Sie sprach nicht weiter, sondern biss sich auf die Lippe. Am liebsten hätte sie sich selbst geohrfeigt, dass ihr der Name herausgerutscht war.

Aber es war zu spät. »Peer?«, fragte Tom stirnrunzelnd.

»Vergiss es«, murmelte Rebekka.

Tom sah nicht so aus, als wolle er irgendetwas *vergessen*. Aber er schien auch zu spüren, dass Rebekka nicht über das Thema reden wollte, denn schließlich zuckte er mit den Schultern und machte eine weit ausschweifende Handbewegung in die Runde, die das gesamte Internat einzuschließen schien. »Jedenfalls sind die anderen Lehrer gar nicht so schlimm«, fuhr er in verändertem Tonfall fort. »Und die meisten Schüler sind auch ganz in Ordnung. Vor Samantha solltest du dich in Acht nehmen. Sie ist eine blöde Zicke.«

»Woher kennst du ...?«, begann Rebekka, doch dann brach sie mitten im Satz ab und grinste breit. »Ich verstehe. Sie dreht auch eine *Ehrenrunde*, wie?«
Toms Grinsen wurde noch breiter. »Sogar zum zweiten Mal«, lachte er. »Sie wäre längst von der Schule geflogen, wenn ihren Eltern das Internat nicht gehören würde.«
Rebekka riss ungläubig die Augen auf. »Echt?«
»Hundertprozentig«, versicherte ihr Tom. »Ist dir ihr Name nicht aufgefallen – Samantha vom Thal ...?«
»... und Drachenthal«, nickte Rebekka. »Stimmt.«
»Sie ist das einzige Kind ihrer Eltern«, fuhr Tom fort, »und eines Tages wird das alles hier *ihr* gehören. Aber sie führt sich auf, als wäre sie jetzt schon der Boss hier.«
»Und was sagt Fräulein Bienenstich dazu?«, fragte Rebekka.
»Biene?« Tom zog eine Grimasse. »Ich glaube, sie weiß nicht genau, ob sie Angst vor ihr haben oder sie dreimal die Woche zusammenfalten soll, und deshalb ...«
Er kam nicht weiter, denn aus der Mitte der dichten Traube von Schülern, die sich vor der Anzeigetafel gebildet hatte, erscholl ein schriller Schrei. Rebekka und Tom fuhren erschrocken herum und auch unter den Jungen und Mädchen entstand hektische Bewegung. Eine Gasse bildete sich, an deren Ende nichts

anderes als das puterrot angelaufene Gesicht genau der Person auftauchte, über die sie gerade gesprochen hatten: Samantha.

»Das . . . das . . . das . . .«, stammelte sie. »Das kann doch nicht wahr sein! Das lasse ich mir nicht bieten!«

Im ersten Moment verstand Rebekka überhaupt nicht, wovon Samantha sprach. Die Augen des Mädchens, die in einer Mischung aus Wut und Entsetzen schier aus den Höhlen zu quellen schienen, waren direkt auf sie gerichtet und auch das verstand Rebekka nicht – bis ihr Blick auf die Tafel fiel, auf der die Zimmer und ihre Belegung aufgelistet waren.

Dann begriff sie – aber sie war nicht sicher, ob sie lachen oder laut aufschreien sollte.

Samantha vom Thal und sie hatten nämlich – dasselbe Zimmer.

Die Legende von Peer Andermatt

Es war eine Katastrophe. Ei-ne ein-zi-ge Ka-tas-tro-phe! Themistokles, der älteste, mächtigste und (zumindest früher einmal) weiseste Magier Märchenmonds, war der Verzweiflung nahe. Seit der denkwürdigen Zusammenkunft im großen Hörsaal Drachenthals war eine gute Stunde vergangen und in der ganzen Zeit hatte er praktisch nur diesen einen Gedanken denken können: *Es war eine Katastrophe.*

Der Grund für das Gefühl wachsender Verzweiflung, das von Themistokles Besitz ergriffen hatte, erstreckte sich rings um ihn herum, so weit sein Blick reichte. Schon als er Burg Drachenthal beim Anflug auf Rangarigs Rücken das erste Mal erblickt hatte, hatte er erkannt, dass sich das uralte Gemäuer in reichlich heruntergekommenem Zustand befand. Aber diese Beobachtung war falsch gewesen. Die Wahrheit war viel schlimmer. Drachenthal war eine Ruine, in der man praktisch keinen Schritt tun konnte, ohne Angst zu haben, dass einem ein Dachziegel auf den Kopf fiel, eine Tür aus den Angeln brach, eine Mauer einstürzte oder irgendetwas anderes Katastrophales geschah. Und das war nur das Wenige, was er in der guten Stunde gesehen hatte, die er jetzt hier war!

Und als wäre das alles noch nicht entsetzlich genug, waren da noch die Schüler ...
Themistokles sah der Begegnung mit Feuer und Sturm sowie ihren beiden Spießgesellen mit gemischten Gefühlen entgegen. Peer Andermatts Warnung wäre gar nicht nötig gewesen, um zu wissen, dass er es mit den schlimmsten Rabauken der Schule zu tun hatte. Solche Tunichtgute gab es immer und überall, an jeder Schule und auf jedem Internat – ganz egal in welchem Land oder auch auf welcher Welt. Märchenmond machte da keine Ausnahme – abgesehen davon vielleicht, dass die Klassenrüpel nicht überall Schuppen und Zähne hatten, annähernd eine Tonne wogen und nicht nur Feuer spucken konnten, sondern auch gerade damit begannen, ihre magischen Kräfte auszuprobieren ...
Ja, Themistokles hatte allen Grund zur Sorge, während er die lange Wendeltreppe zum Hof hinabeilte, wo Feuer, Sturm und die beiden anderen Rotzlöffel auf ihn warteten. Selbstverständlich hatte er keine *Angst* vor den beiden Drachen und ihren Spießgesellen, denn auch wenn er in den letzten Jahren vielleicht ein bisschen schusselig geworden war, so war er doch noch immer ein sehr mächtiger Zauberer, der selbst ein Dutzend ausgewachsener Drachen mit einem Fingerschnippen zur Vernunft bringen konnte, wenn es sein musste. Aber er hoffte, dass es nicht so

weit kommen würde. Ihm war nicht daran gelegen, irgendetwas mit Gewalt zu lösen, und schon gar nicht, seine Schüler dazu zu zwingen, ihm zu gehorchen. Auch nach seiner reichlich verunglückten Antrittsrede war Themistokles nämlich immer noch der Meinung, mit Geduld und gutem Zureden letzten Endes mehr erreichen zu können als mit Befehlen und Drohungen.

Am Ende der Treppe blieb er stehen, strich sich noch einmal glättend über das lange nachtschwarze Magiergewand und straffte die Schultern, bevor er das Gebäude verließ. Schließlich war es wichtig, einigermaßen würdevoll auszusehen, wenn er vor seine Schüler trat, um ihnen eine Standpauke zu halten.

Themistokles öffnete die Tür, trat hindurch und sprang im letzten Augenblick zur Seite, als er eine Bewegung aus den Augenwinkeln gewahrte. So schlug ihm der Stein, der sich aus der Mauer gelöst hatte, nur den spitzen Magierhut vom Kopf, statt ihn zu treffen und möglicherweise zu verletzen (oder Schlimmeres). Themistokles sah sich zu einigen weiteren hastigen und alles andere als würdevollen Schritten genötigt, als ein plötzlicher Windstoß seinen Hut ergriff und über den Hof hüpfen ließ. Schließlich wurde es ihm zu viel. Er hörte auf, den störrischen Hut zu verfolgen, schnippte stattdessen mit den Fingern und der Hut erhob sich in

die Luft und segelte gehorsam an seinen Platz zurück.
Unglückseligerweise kam der Stein, der ihn gerade knapp verfehlt hatte, ebenfalls herangeflogen, sodass Themistokles schon wieder – und noch hastiger – den Kopf einziehen musste, um nicht getroffen zu werden.
Nachdem er seinen Hut zum zweiten Mal eingefangen und aufgesetzt hatte (diesmal *ohne* Zuhilfenahme irgendwelcher Magie), strich er erneut sein Gewand glatt und drehte sich um.
Doch die Mühe war umsonst. Er war vollkommen allein auf dem Hof. Feuer, Sturm und ihre beiden Freunde waren nicht da.
Themistokles runzelte ärgerlich die Stirn und setzte dazu an, die vier auf magischem Wege zu suchen, aber dann drehte er sich stattdessen noch einmal um und musterte den Stein. Nachdenklich bückte er sich, hob das fast faustgroße Wurfobjekt auf und kniff die Augen zusammen. Es dauerte nur einen Moment und der Stein begann, in einem unheimlichen hellblauen Licht zu glühen. Er schien fast durchsichtig zu werden und in seinem Inneren bewegten sich Schatten und sonderbare Umrisse.
Themistokles seufzte; gleichermaßen zufrieden und beunruhigt. Zufrieden, weil er noch immer ein paar Tricks auf Lager hatte, mit denen Sturm und seine

Spießgesellen ganz bestimmt nicht rechneten, aber auch zutiefst beunruhigt über das, was er erfahren hatte. Der Stein war nicht von selbst aus der Wand gefallen.

Verärgert ließ Themistokles den Beweis des Anschlags auf ihn in der Tasche verschwinden – nachdem er ihn mithilfe von Magie auf die Größe eines Spielwürfels reduziert hatte –, fuhr auf dem Absatz herum und stürmte mit weit ausgreifenden Schritten quer über den Hof und ins Hauptgebäude. In der großen, kostbar vertäfelten Halle hielt sich nur eine Handvoll Zauberschüler auf, die aber erschrocken mitten in der Bewegung zu erstarren schienen, als sie den zornigen Ausdruck auf Themistokles' Gesicht bemerkten.

»Wo sind Feuer und Sturm?«, donnerte er. Fast ohne es zu merken, hatte er seine Stimme wieder magisch verstärkt, sodass sie tatsächlich wie fernes Donnergrollen durch den Raum rollte. Die altersschwachen Balken ächzten und einige der Schüler zogen erschrocken die Köpfe ein, als hätten sie Angst, gleich von der herabstürzenden Decke getroffen zu werden.

Themistokles gemahnte sich in Gedanken zur Mäßigung. Wenn er es übertrieb, war es gut möglich, dass die ganze Bruchbude *tatsächlich* wie ein Kartenhaus zusammenbrach. »Also?«, fragte er mit etwas leiserer Stimme. »Hat jemand die beiden und ihre Freunde gesehen?«

»Sie ... sie waren g... g... gerade auf dem Weg nach unten«, stotterte eine junge Elfe. Sie schielte ein bisschen und ihre Flügel waren ungleich lang, sodass es ihr schwerfiel, ruhig zu schweben, und sie stattdessen so heftig vor Themistokles' Gesicht hin und her torkelte, dass ihm ganz schwindelig wurde.

»Nach unten?«, fauchte Themistokles ungeduldig. »Was genau soll das heißen?«

»I... i... in d... die Kü... Küche!«, stotterte die Elfe. »D... d... d... da sss... ind ssssie ö... ö... öfter.«

Themistokles runzelte die Stirn. Vielleicht hatte er sich doch etwas im Ton vergriffen. Schließlich konnte das arme kleine Ding nichts dafür, dass die vier Rabauken es offensichtlich auf eine Kraftprobe mit ihm angelegt hatten. »Jetzt beruhige dich erst einmal«, sagte er. »Ich bin nicht wütend auf dich.«

»A... a... a... a... a... a...« Die Elfe japste nach Luft, schwankte wie betrunken in der Luft herum und begann mit hörbarer Anstrengung noch mal von vorne. »Aber ich ha... ha... habe k... k... k... keine Angst vor Euch ... Mmmm... Meister Themistokles.«

»Das scheint mir aber nicht so«, meinte Themistokles. Jemand zupfte ihn am Arm. Der Magier drehte sich um und ließ seinen Blick eine ganze Weile ebenso fragend wie verwirrt durch den Raum schweifen – da war niemand! –, ehe er auf die Idee kam, den Blick zu senken. Vor ihm stand ein Zwerg. Er hatte ein nacht-

schwarzes Greisengesicht wie alle Zwerge und reichte Themistokles, der nicht sehr groß war, gerade bis zu den Knien, war aber breiter als hoch.

»Angst hat sie wirklich nicht vor Euch, Meister Themistokles«, sagte er mit einer dröhnenden Bassstimme, die einem Riesen zur Ehre gereicht hätte. »Aber Scätterling stottert ein bisschen.«

»A... a... a... a... a... aber nnnnnnur ei... ei... ein bissssschen«, fügte Scätterling hinzu. »Kjuub ü... ü... übertreibt!«

»Und es ist ihr mächtig peinlich«, dröhnte der Zwerg Kjuub.

»Oh«, sagte Themistokles. »Das tut mir leid. Entschuldige.«

»Scho... scho... schon in O... O... O... rdnung«, sagte Scätterling großzügig. »M... m... macht fast ga... ga... gar nnnnnichts.«

Themistokles hatte plötzlich Mühe, ein Grinsen zu unterdrücken. »Sie sind also in der Küche. Kannst du mir den Weg dorthin zeigen?«

»K... k... k... k... k...«, stotterte Scätterling, setzte neu an und stieß schließlich hervor: »Kein Problem.« Und damit fuhr sie auf der Stelle herum und sauste wie eine honigtrunkene bunte Hummel davon. Themistokles schüttelte mit einem angedeuteten Seufzen den Kopf und folgte ihr und Kjuub schloss sich ihm ungefragt an. Sie durchquerten die Halle und Scätter-

ling steuerte eine niedrige halbrunde Tür aus schweren Eichenbohlen an, die in der gegenüberliegenden Wand lag.
Ungefähr wenigstens. Sie hatte wohl nicht richtig gezielt, denn statt durch die Tür zu fliegen, prallte sie unsanft gegen den gemauerten Rahmen und plumpste mit einem schrillen Quietschen zu Boden.
»Sie sieht auch nicht besonders gut«, erklärte Kjuub.
»Um Gottes willen!« Themistokles beugte sich erschrocken nach vorne. »Hast du dir wehgetan?«
»Kein Problem!« Scätterling rappelte sich auf, strich sich die zerknitterten Flügel glatt und schwang sich wieder in die Höhe – allerdings zielte sie schlecht, denn sie traf Themistokles' hilfreich ausgestreckte Hand, quietschte erneut auf und fiel ein zweites Mal und noch unsanfter zu Boden.
»Kein Problem«, ächzte sie noch einmal.
Kjuub verdrehte die Augen und auch Themistokles richtete sich mit einem neuerlichen Kopfschütteln auf und trat wortlos durch die Tür. Dahinter lag eine schmale, steil in die Tiefe führende Wendeltreppe, die sich schon nach wenigen Stufen in vollkommener Finsternis verlor. Themistokles schnippte mit den Fingern und ein sanfter goldener Lichtschein, der aus keiner bestimmten Quelle kam, durchflutete den Raum.
»Beeindruckend«, grollte Kjuub. »Wirklich beeindruckend, Euer Zauber, Meister Themistokles.«

»Aber das ist doch gar nichts«, sagte Themistokles, der sich ein wenig geschmeichelt fühlte. »Als ich noch jünger war, da ...«

Von Höflichkeit schien der Zwerg nicht viel zu halten, denn er unterbrach Themistokles, indem er ihn mit seiner dröhnenden Stimme einfach niederbrüllte: »Außer Euch beherrscht hier niemand solche Tricks.«

Themistokles, der schon die ersten Stufen hinuntergegangen war, blieb stehen und drehte sich zu Kjuub um. Der kleine Kerl hatte vier Treppenstufen Abstand zu ihm gehalten, sodass sich ihre Gesichter nahezu auf gleicher Höhe befanden. »Wie bitte?«, fragte er. »Du musst dich irren, mein Freund. Das hier ist eine Zauber-Universität! Nur magisch begabte Wesen kommen hierher.«

»Trotzdem kann hier niemand zaubern«, beharrte Kjuub.

Themistokles war fassungslos – aber auch zunehmend wütender. Allmählich wurde ihm klar, warum Ganvas es so eilig gehabt hatte, Drachenthal zu verlassen. »Haben euch eure Lehrer denn gar nichts beigebracht?«

»Sie haben es versucht.« Kjuub hob unglücklich die Schultern. »Aber Feuer und seine Bande haben einen nach dem anderen weggegrault. Meister Ganvas war der Letzte und auch er konnte es gar nicht mehr abwarten, von Euch abgelöst zu werden.«

»Feuer, so«, grollte Themistokles. »Und was ist mit euch? Jeder einzelne Schüler hier ist magisch begabt – sonst wäre er gar nicht hier.«
Kjuub sah plötzlich noch unglücklicher aus und Themistokles hatte das sichere Gefühl, dass er ihm eine Frage gestellt hatte, die zu beantworten ihm wirklich *sehr* unangenehm war. »Ich weiß«, sagte er schließlich. »Aber ...«
»Aber?«, hakte Themistokles nach, als Kjuub nicht weitersprach, sondern nur konzentriert seine eigenen Zehenspitzen betrachtete und weiter herumdruckste. Der Zwerg antwortete auch jetzt nicht, aber in diesem Moment sauste ein bunt schillerndes Etwas hinter ihm durch die Tür, sauste um Haaresbreite an Themistokles' Kopf vorbei und verschwand unter ihm in der Dunkelheit.
»F... F... F... Feuer u... u... und Sturm e... e... erlauben es n... n... nicht«, stotterte Scätterling. Dann erscholl ein Klatschen, ein erschrockenes Keuchen und ein mehrfacher dumpfer Aufschlag, als plumpse etwas die Treppenstufen hinunter, und einen kurzen Moment später piepste Scätterling: »Kein Problem! Alles in Ordnung!«
»Was soll das heißen: Feuer und Sturm erlauben es nicht?«, fragte Themistokles ungläubig.
»Es ist wahr, Meister Themistokles«, bestätigte Kjuub. »Sie gestatten den anderen Schülern nicht zu zau-

bern. Nur wer in ihrer Bande ist, darf seine magischen Kräfte anwenden. Und das auch nur, wenn Feuer es ihm ausdrücklich befiehlt.«

»Feuer, so«, grollte Themistokles. Sein Gesicht verdüsterte sich und auch das magische Licht, das den Treppenschacht erfüllte, schien für einen Moment seine Farbe zu wechseln und leuchtete nun in einem unangenehmen, fast drohenden Schwefelgelb. Einen Moment später hatte sich der Zauberer aber in der Gewalt und das Licht wurde wieder golden. »Ich glaube, es ist Zeit, dass ich ein ernstes Wort mit den Mitgliedern dieser *Bande* wechsle. Bringt mich zu ihnen.«

Kjuub schluckte. Es hörte sich an, als kollerten Steine einen Felshang hinab. »Wollt ... wollt Ihr Euch das nicht lieber noch einmal überlegen, Meister Themistokles?«, fragte er. »Mit diesen Burschen ist wirklich nicht gut Kirschen essen.«

»Glaubst du etwa, ich hätte Angst vor ihnen?«, fragte Themistokles empört.

»Natürlich nicht«, sagte Kjuub hastig. Aber er sagte es auf eine Weise, als wäre er der Meinung, dass Themistokles lieber Angst vor ihnen haben *sollte.* Und wenn er an den Stein dachte, der ihn um ein Haar getroffen hätte ...

»Aber Ganvas hatte es«, vermutete Themistokles. »Und die anderen Lehrer auch.«

»Hm«, machte Kjuub.

»Genau wie du«, fuhr Themistokles fort. »Und alle anderen Schüler ebenfalls.«

»Hm«, machte der Zwerg erneut.

»I... i... ich ha... ha... habe k... keine Angst!«, piepste Scätterling, die mittlerweile wieder herangeschwirrt gekommen war und abwechselnd rechts und links gegen die Wände des gemauerten Treppenschachtes klatschte.

»Das stimmt«, bestätigte Kjuub. »Elfen haben vor nichts Angst. Dazu sind sie zu dämlich.«

»I... i... ich g... g... g... g... geb dir gleich d... d... dämlich!«, giftete Scätterling, aber Themistokles hob rasch die Hand und verhinderte damit weitere Streitigkeiten.

»Ich verstehe«, sagte er. »Keine Sorge, ich werde ihnen nicht sagen, dass ihr mit mir gesprochen habt. Ihr müsst mich nicht begleiten, ich finde sie schon.« Er ging ein paar Schritte weiter die Treppe hinab und blieb dann noch einmal stehen, um sich dem Zwerg zuzuwenden. »Sei doch so lieb und suche nach Peer Andermatt. Sag ihm, dass ich später mit ihm zu sprechen wünsche.«

Kjuub blinzelte. »Peer Andermatt?«

»Peer Andermatt«, bestätigte Themistokles. »Der junge Steppenreiter.«

Scätterling und Kjuub tauschten einen raschen, ir-

gendwie erschrocken wirkenden Blick. Sie sagten nichts. Aber das taten sie auf eine ganz bestimmte Art, die Themistokles überhaupt nicht gefiel.

»Wo ist das Problem?«, fragte Themistokles.

»Verzeiht«, antwortete Kjuub unbehaglich, »aber es gibt hier keinen Peer Andermatt. Um genau zu sein, gibt es hier niemanden vom Volk der Steppenreiter.«

»Aber ich habe doch selbst . . .«, begann Themistokles, doch Kjuub unterbrach ihn sofort und mit einem bekräftigenden Kopfschütteln.

»Hier gibt es schon lange keine Steppenreiter mehr, Meister Themistokles. Der letzte vom Volk der Steppenreiter war der Sohn des Königs.«

»Von genau diesem Peer Andermatt rede ich«, beharrte Themistokles.

»Er ging eines Tages in den Wald und kam nie wieder zurück«, fuhr Kjuub unerschütterlich fort. »Manche behaupten, er wäre von einem wilden Drachen angegriffen und getötet worden, andere, er hätte sich im Labyrinth zwischen den Schatten verirrt. Aber er ist nie wieder aufgetaucht.«

»Und wann«, fragte Themistokles, der plötzlich ein sehr, wirklich *sehr* ungutes Gefühl hatte, »soll das gewesen sein?«

Der Zwerg brachte das schier unglaubliche Kunststück fertig, noch mehr Falten auf sein Gesicht zu zaubern, als er nachdenklich die Stirn runzelte. Er

schwieg eine ganze Weile, dann hob er die Schultern und sagte leise: »So vor hundert Jahren. Wenn ich's mir genau überlege . . .«

»Ja?«

»Ich kann mich täuschen«, murmelte Kjuub. »Aber je länger ich darüber nachdenke, desto sicherer bin ich, dass es heute *auf den Tag genau* hundert Jahre her ist.«

Das Geheimnis des Spiegels

Das Zimmer war größer, als sie erwartet hatte, und sehr viel heller und freundlicher und selbst die Einrichtung entsprach eher der ihres Zimmers zu Hause als dem, was das altehrwürdige Äußere des Schlosses erwarten ließ.

Das war die gute Nachricht.

Die schlechte war die Besitzerin des Bettes, das direkt neben dem Fenster stand. Samantha hatte irgendwo auf halbem Wege zwischen der Eingangshalle und ihrem Zimmer, das im dritten Stock lag, aufgehört zu schimpfen und Gift und Galle zu spucken, aber seither gab sie sich alle Mühe, Rebekka mit Blicken regelrecht aufzuspießen. Als sie hereingekommen waren, hatte sie sich bäuchlings auf ihr Bett fallen lassen und gute ein oder zwei Minuten damit verbracht, ihr Kissen mit den Fäusten zu bearbeiten, trotzdem hatte sie Rebekka nicht für den Bruchteil einer Sekunde aus den Augen gelassen.

Und allmählich wurde es ihr zu viel. Sie hatte ihre Koffer ausgepackt und die eine oder andere Kleinigkeit in ihrer Hälfte des Zimmers umgestellt, aber es gab kaum etwas Unangenehmeres als das Gefühl, bei jedem Schritt und Handgriff beobachtet zu werden.

Sie waren ungefähr fünf Minuten im Zimmer, als sie ihre mittlerweile leere Reisetasche schwungvoll in die Ecke kickte und sich mit einer scharfen Bewegung zu Samantha umdrehte.
»Was soll das werden?«, fragte sie. Samantha funkelte sie nur weiter wütend an und Rebekka fuhr in noch schärferem Ton fort: »Wenn ich richtig rechne, dann müssen wir zehn Monate und zwei Wochen zusammen in diesem Zimmer verbringen. Willst du die ganze Zeit über versuchen, mich niederzustarren?«
Samantha schwieg beharrlich weiter, aber die Voltzahl in ihrem Blick nahm noch zu und Rebekka rief sich in Gedanken zur Ordnung und zwang sich hörbar, ruhiger und in fast Verzeihung heischendem Ton fortzufahren: »Hör mal, dass ihr so lange auf mich warten musstet, tut mir leid und auch, dass der Unterricht jetzt zwei Tage früher beginnt. Aber ich habe wirklich gedacht, ich müsste Peer zurückholen und . . .«
»Woher weißt du von Peer Andermatt?«, unterbrach sie Samantha. Ihre Stimme war leise, aber sie zitterte vor Erregung.
Also hat sie ihn doch gesehen!, dachte Rebekka. »Peer *Andermatt?*« Sie konnte sich nicht erinnern, den Nachnamen des Jungen genannt zu haben. Tatsächlich hatte sie ihn bis zu diesem Moment gar nicht gekannt – obwohl sie zugleich wieder das unheimliche Gefühl hatte, ihn irgendwie *doch* zu kennen . . .

»Du weißt ganz genau, wovon ich spreche!«, zischte Samantha. Sie setzte sich mit einem Ruck auf. Ihre Augen blitzten und Rebekka hätte sich nicht gewundert, hätte sie sich im nächsten Augenblick auf sie gestürzt. »Und ich weiß auch, was du vorhast! Du und Biene!«
»Fräulein Bienenstich?«, wiederholte Rebekka verständnislos. »Aber was habe ich denn mit der . . .?«
»Tu nicht so scheinheilig!«, schnitt ihr Samantha das Wort ab. »Ihr habt das vorher abgesprochen, um mich fertigzumachen. Sie hat dir alles erzählt und den Rest hast du nachgelesen und dann hat sie dich extra auf mein Zimmer gelegt!«
»Ich dachte, es wäre *unser* Zimmer«, stellte Rebekka richtig.
Samanthas Augen loderten jetzt wie zwei kleine rot glühende Sterne, die gleich in ihre Richtung explodieren würden. »Es war immer *mein* Zimmer!«, zischte sie. »Ich habe es nie teilen müssen und das wird auch so bleiben, verlass dich darauf! Ein einziger Anruf bei meinem Vater reicht!«
»Na, dann solltest du dich besser beeilen«, sagte eine Stimme von der Tür her. Rebekka und Samantha drehten sich gleichzeitig und gleich erschrocken um und starrten Tom an, der die Tür so leise geöffnet hatte, dass sie es nicht einmal gehört hatten. Er stand lässig da, die rechte Hand auf die Türklinge gelegt, und sah sie abwechselnd an. Seine Augen funkelten be-

lustigt, doch als er sich ganz zu Samantha umdrehte, glaubte Rebekka, auch eine sanfte Schadenfreude darin zu erkennen.

»Ich habe nämlich gerade zufällig mitbekommen, wie Biene mit dem Sekretär deines Vaters telefoniert hat. Wenn ich sie richtig verstanden habe, dann bricht er gerade zu einer Geschäftsreise nach Südamerika auf, die mindestens drei Wochen dauert.«

Samantha riss die Augen auf, keuchte – und war dann wie der Blitz auf den Beinen und an Tom vorbei. Der dunkelhaarige Junge blickte ihr kopfschüttelnd, aber auch mit einem leisen Lachen nach, ehe er ganz ins Zimmer trat. Die Tür ließ er offen.

»Ist das . . . wahr?«, fragte Rebekka zögernd.

»Das mit dem Anruf?« Tom kicherte. »Nö. Aber ein kleiner Schrecken tat der eingebildeten Zicke ganz gut. Außerdem wird Biene sie vermutlich zusammenfalten, wenn sie jetzt zu ihr rennt und einen ihrer berüchtigten Tobsuchtsanfälle bekommt.«

»Ich weiß nicht, ob das so klug war«, sagte Rebekka nachdenklich. »Ich meine, immerhin muss ich fast ein Jahr mit ihr aushalten.«

»Wenn du versuchst, Samanthas *Freundschaft* zu gewinnen«, sagte Tom und machte eine wegwerfende Handbewegung, »dann würde ich an deiner Stelle gleich mal *zehn* Jahre dazu veranschlagen. Und gelingen wird es dir trotzdem nicht.«

Damit hatte er womöglich recht – aber Rebekka war dennoch nicht besonders wohl zumute. Ihr Aufenthalt hier hatte nicht gerade mit einem Traumstart begonnen, aber sie machte es bestimmt nicht besser, wenn sie sich gleich mit ihrer Zimmergenossin anlegte. Vor allem nicht, wenn diese Zimmergenossin Samantha hieß und die Tochter des Besitzers war.

»Und mach dir bloß keine Sorgen wegen der anderen«, fuhr Tom fort. »Ein paar sind ziemlich sauer, aber die meisten nehmen dir die Sache nicht wirklich übel. Nicht mehr, seit sie gesehen haben, wie Samantha sich aufgeregt hat. Niemand hier kann sie und ihre Bande leiden.«

»Bande?«, wiederholte Rebekka erschrocken. *Bande?*

Tom wiederholte seine wegwerfende Geste. »Nur ein paar Großmäuler«, behauptete er. »Wenn sie merken, dass du nicht vor ihnen kuschst, ziehen sie den Schwanz ein und lassen dich in Ruhe, du wirst schon sehen. Und wenn nicht, dann kommst du zu mir.«

»Na, da bin ich aber froh, dass ich gleich am ersten Tag einen so tapferen Ritter gefunden habe, der mich beschützt«, sagte Rebekka.

Tom lachte, aber nur kurz, dann wurde er wieder ernst und ein nachdenklicher Ausdruck trat in seine Augen. »Eines würde mich noch interessieren.«

»Ja?«

»Woher kennst du die Legende von Peer Andermatt?«

»Aber ich habe ihn wirk. . .«, begann Rebekka, biss sich dann auf die Unterlippe und zog es vor, den Rest ihrer Antwort lieber hinunterzuschlucken. Sie hatte den Blick nicht vergessen, mit dem Tom sie vorhin gemustert hatte. Es hatte keinen Zweck, wenn sie bei ihrer Behauptung blieb und der einzige Mensch hier, der ganz eindeutig *nicht* ihr Feind war, sie für übergeschnappt hielt.

So zuckte sie stattdessen nur mit den Schultern und sagte ausweichend: »Vielleicht habe ich den Namen irgendwo aufgeschnappt.«

»Aufgeschnappt!« Tom nickte anerkennend. »Dafür warst du ziemlich überzeugend.«

»Was hat es mit diesem Peer Andermatt auf sich?«, wollte Rebekka wissen. Nach Samanthas Reaktion weckte Toms geheimnisvolles Gehabe nun erst recht ihre Neugier.

»Das ist eine uralte Geschichte«, antwortete Tom. »Bestimmt hundert Jahre alt, wenn nicht mehr. Um ein so altes Gemäuer wie dieses ranken sich immer eine Menge Geschichten, aber die von Peer Andermatt ist die unheimlichste.«

»Erzähl!«, forderte ihn Rebekka auf. »Ich liebe unheimliche Geschichten!«

Tom zierte sich noch einen Moment, aber schließlich beugte er sich ein wenig vor und begann zu erzählen, und als er es tat, konnte man spüren, welch großen

Spaß es ihm bereitete. »Früher einmal«, begann er, »gab es eine Verbindung zwischen unserer Welt und dem Land Märchenmond, in dem Legenden Wirklichkeit sind. Dort gibt es sprechende Tiere, gewaltige Drachen, Elfen und Feen . . .«

»Einhörner?«, murmelte Rebekka. Ihr Herz klopfte.

»Sicher, auch Einhörner«, bestätigte Tom. Er wirkte ganz kurz verwirrt, vielleicht sogar ein bisschen erschrocken, aber dann fing er sich wieder und erzählte weiter. »Manche Menschen, so heißt es, konnten von der einen in die andere Welt überwechseln, so wie es manchen Bewohnern Märchenmonds möglich war, unsere Welt zu besuchen.«

Themistokles, dachte Rebekka zutiefst verstört. *Und die gläserne Stadt Gorywynn.* Sie *kannte* all diese Worte, obwohl sie sie noch nie zuvor gehört hatte, und da war plötzlich noch viel mehr in ihr. Nichts von alledem, was Tom erzählte, war ihr fremd, aber sie erinnerte sich immer erst in dem Moment daran, wenn Tom die Worte aussprach. Ihre Hände begannen, ganz leicht zu zittern. Es war unheimlich.

Natürlich blieb Tom ihre Reaktion nicht verborgen. Er unterbrach sich, legte den Kopf auf die Seite und sah sie leicht besorgt an. »Ist was nicht in Ordnung?«, fragte er.

»Nein, nein«, versicherte Rebekka hastig. »Erzähl weiter. Das ist . . . sehr spannend.«

Tom sah nicht überzeugt aus, aber er beließ es bei einem Achselzucken und einem weiteren besorgten Blick. »Die Geschöpfe Märchenmonds, die manchmal hierherkamen, waren im Allgemeinen sehr freundlich und kein Mensch musste Angst vor ihnen haben. Nur war es ihnen verboten, ihr Geheimnis einem Menschen unserer Welt anzuvertrauen, in dessen Macht es nicht stand, aus eigener Kraft nach Märchenmond zu gelangen.«

»Und Peer Andermatt hat dieses Verbot missachtet«, vermutete Rebekka. Seltsam – sie spürte, kaum dass sie die Worte ausgesprochen hatte, dass es nicht so war, und Tom schüttelte auch prompt den Kopf.

»So einfach war es leider nicht«, antwortete er. »Peer Andermatt war der Sohn eines der mächtigsten Fürsten von Märchenmond, des Herrschers über das gewaltige Caivallon, der Stadt der stolzen Steppenreiter. Die Legende sagt, dass er sich unsterblich in ein Mädchen von unserer Welt verliebt hat, die für eine kleine Weile auf Märchenmond weilte – zusammen mit ihrem Bruder, wenn ich mich richtig erinnere.« Plötzlich stutzte er und ein verblüffter Ausdruck erschien auf seinem Gesicht.

»Was ist?«, fragte Rebekka.

»Nichts«, antwortete Tom – in einem Ton, der sich ganz und gar nicht nach *nichts* anhörte. Er lachte lei-

se. »Mir ist nur gerade eingefallen, dass sie genauso hieß wie du. Rebekka. Ist das nicht komisch?«

Rebekka fand diese Eröffnung ganz und gar nicht komisch. Ganz im Gegenteil. Ihr lief plötzlich ein eisiger Schauer über den Rücken. Sie bedeutete Tom mit einem Kopfnicken fortzufahren.

»Peer Andermatt machte sich also auf die Suche nach diesem Mädchen, und da Drachenthal der einzige Ort ist, der in beiden Welten gleichermaßen existiert, kam er natürlich irgendwann hierher. Überall sonst nämlich kann man die andere Welt nur im Traum erreichen, hier aber geht es wirklich und körperlich.«

»Aber als er hier ankam, hatte er ein Problem«, vermutete Rebekka. »Es gibt ziemlich viele Mädchen, die Rebekka heißen.«

»So weit ist es gar nicht gekommen«, sagte Tom kopfschüttelnd. »Es ist ja nur eine Legende und genau kenne ich sie auch nicht. Aber soviel ich weiß, ist es auch hier nicht leicht, zwischen den Welten zu wechseln. Peer Andermatt suchte lange nach dem richtigen Weg und dabei beging er einen schrecklichen Fehler.«

»Welchen?«

»Das weiß ich nicht«, gestand Tom. »Doch was immer es war, es führte dazu, dass er seither in den Schatten zwischen den Welten gefangen ist.«

»Der Spiegel . . .«, murmelte Rebekka.

Tom zog fragend die Augenbrauen zusammen. »Spiegel? Was meinst du damit?«
Rebekka konnte nur hilflos die Schultern heben. Sie wusste es selbst nicht. Das Wort war ihr ganz plötzlich in den Sinn gekommen, während Tom sprach, und sie wusste einfach, dass es irgendetwas mit Peer Andermatts Geheimnis zu tun hatte, aber nicht, was. Doch es machte ihr Angst.
»Erzähl weiter«, bat sie.
»Da gibt es nicht mehr viel zu erzählen«, sagte Tom. »Das war schon die ganze Geschichte. Fast jedenfalls. Seit diesem Tag irrt Peer Andermatt zwischen den Welten umher und sucht nach dem Weg zurück. Manchmal sieht man ihn und einige behaupten sogar, dass sie mit ihm gesprochen hätten.« Er lachte.
»Wie eine Art . . . Schlossgespenst?«, fragte Rebekka stockend.
Aus Toms Lachen wurde ein breites Grinsen. »Jedes Schloss, das etwas auf sich hält, hat schließlich sein Gespenst, oder?«
»Und was hat das alles mit Samantha zu tun?«, wollte Rebekka wissen.
»Es hat damit zu tun, dass Fräulein Von-und-zu-ich-bin-was-Besseres einen gehörigen Sprung in der Schüssel hat«, antwortete Tom. Sein Grinsen wurde noch breiter und er tat so, als versuche er, sich den rechten Zeigefinger in die Schläfe zu bohren. »Die

Kleine glaubt den ganzen Mist tatsächlich, weißt du? Ich vermute sogar, das ist der einzige Grund, aus dem sie überhaupt hier ist. Sie hat sich in den Kopf gesetzt, das Geheimnis um Peer Andermatt zu lösen und ihm dabei zu helfen, in seine Heimat zurückzukehren. Vielleicht sogar mit ihr an seiner Seite. Das könnte ihr so passen! Samantha vom Thal als Herrscherin über eine ganze Welt. Die armen Leute können einem jetzt schon leidtun!«

»Aber das ist doch eigentlich eine sehr löbliche Absicht.« Rebekka lief noch immer ein kalter Schauer nach dem anderen über den Rücken. Toms Geschichte hatte sie weit mehr erschreckt, als sie zugeben wollte.

Tom schnaubte. »Das wäre es, wenn Samantha nicht Samantha wäre«, sagte er abfällig. »Du glaubst doch nicht, dass sie diesem armen Kerl wirklich helfen will! Ihr geht es nur darum, den Ruhm einzuheimsen. Sie will beweisen, dass es wirklich Geister gibt. Und wenn nicht, dann will sie die Erste sein, die beweist, dass es sie *nicht* gibt.«

»Und was hat das Ganze jetzt mit mir zu tun?«, fragte Rebekka.

Tom sah sie aus großen Augen an. »Das fragst du noch? Bisher war sie hier die Einzige, die behauptet hat, das Schlossgespenst von Drachenthal sehen zu können! Und jetzt kommst du und erzählst gleich am

ersten Tag, du hättest mit Peer Andermatt gesprochen. Was glaubst du wohl, wie sie sich fühlt? Vor allem ...«, er lachte glucksend, »... nachdem sie deinen *Namen* erfahren hat!«

Rebekka sagte nichts mehr. Da war noch immer dieses unheimliche Gefühl in ihr, dass eigentlich nichts von dem, was sie gerade gehört hatte, wirklich *neu* für sie war, sondern sie ganz im Gegenteil noch viel, viel mehr über Märchenmond, Themistokles, die stolzen Steppenreiter und Caivallon, Morgon und seine schwarzen Horden und noch tausend andere Dinge wusste. Aber jedes Mal, wenn sie nach diesem Wissen greifen wollte, entschlüpfte es ihr wie ein glitschiger Fisch im Wasser.

»Nun?«, fragte Tom, nachdem das unbehagliche Schweigen zwischen ihnen eine Weile angehalten hatte. »Habe ich zu viel versprochen oder *war* das eine unheimliche Geschichte?«

Rebekka rang sich ein dünnes Lächeln ab. »Ich fand sie eher traurig.«

»Aber es ist nur eine Geschichte«, sagte Tom. »Die einzige Verrückte auf der ganzen Welt, die sie glaubt, ist Samantha.«

Und da gibt es dann noch eine Verrückte, dachte Rebekka, *die weiß, dass sie wahr ist.*

Aber natürlich hütete sie sich, diesen Gedanken laut auszusprechen.

Tom sah sie noch einen Moment lang eindeutig erwartungsvoll an, aber dann stand er auf und blickte sich fast erschrocken um; auf eine Art, als begriffe er erst jetzt, wo er war. »Wir sollten besser von hier verschwinden. Wenn Biene mich hier erwischt, reißt sie mir den Kopf ab.«

»Weil das Samanthas Zimmer ist?«

»Weil das hier der *Mädchen*trakt ist«, verbesserte sie Tom. Er blinzelte ihr zu, um seinen nachfolgenden Worten die Schärfe zu nehmen. »Uns Jungen ist es bei Androhung der Todesstrafe verboten, ihn zu betreten.«

»Und warum bist du dann überhaupt gekommen?«, fragte Rebekka.

Tom lachte. »Ich liebe nun mal das Risiko.« Er machte eine wedelnde Handbewegung in Richtung Tür. »Komm. Ich lade dich zu einem Schlossrundgang ein und zeige dir alles.«

Die Verschwörung fliegt auf

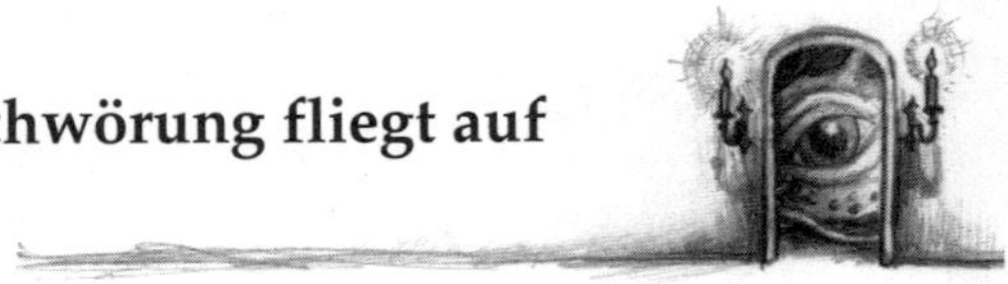

Auch ohne seine Zauberkräfte zu Hilfe zu nehmen, fiel es Themistokles nicht schwer, Feuer und die drei anderen zu finden – aber es gelang ihm kaum, sich auf den Weg hinunter in die Kellergewölbe zu konzentrieren.

Themistokles verstand sich selbst nicht mehr. Er hatte Scätterling und Kjuub nicht nur so schnell weggeschickt, damit Feuer und die anderen nicht merkten, dass sie ihm geholfen hatten, sondern vor allem, damit sie nicht merkten, wie erschrocken er war. Erschrocken über sich selbst.

Peer Andermatt! Wie um alles in der Welt hatte er nur die Geschichte von Peer Andermatt vergessen können. Schließlich war es nicht nur eine der schlimmsten Geschichten auf Märchenmond, sondern auch eine der bekanntesten! Sie wurde überall erzählt und von jedermann, vor allem von Elfen, die ihren Kindern auf diese Weise klarmachen wollten, wie gefährlich es werden konnte, mit Dingen herumzuspielen, von denen man besser die Finger ließ.

Und um das Maß vollzumachen, war *er* es gewesen – er selbst, Themistokles! –, der damals vor hundert Jahren höchstpersönlich das einzige Tor zwischen

den Welten geschlossen hatte, damit sich Andermatts furchtbares Schicksal nicht wiederholen konnte. Unfassbar, dass er es einfach *vergessen* hatte!

Themistokles schüttelte seufzend den Kopf. Vielleicht hatte Rangarig ja recht, dachte er, und er wurde wirklich langsam alt.

Irgendwo in dem Labyrinth aus Gewölben und Stollen vor ihm wurden Stimmen laut und Themistokles verscheuchte den trübsinnigen Gedanken an sein fortschreitendes Alter und seine Vergesslichkeit und konzentrierte sich auf die Worte. Gleichzeitig dämpfte er den magischen Lichtschein, der ihm bisher den Weg gewiesen hatte. Vielleicht war es besser, wenn er Sturm und Feuer nicht zu früh auf sich aufmerksam machte; vor allem nach der mehr als deutlichen Warnung Kjuubs. In einem nämlich glichen sich Zwerge und Elfen so sehr, wie sie sich in allem anderen unterschieden: Sie hatten praktisch vor nichts Angst. Deswegen kam den Worten Kjuubs eine ganz besondere Bedeutung zu.

Themistokles hatte die Küche, die komplett magisch funktionierte und in der somit nie jemand war, längst hinter sich gelassen und drang schon seit einer ganzen Weile tiefer und tiefer in das unterirdische Labyrinth ein, das sich unter der Burg erstreckte und mindestens hundertmal größer war als Drachenthal. Ein weiterer Grund, aus dem er Feuer und den drei ande-

ren gehörig die Leviten lesen würde, denn es war den Schülern strengstens untersagt, hier herunterzukommen – und das aus gutem Grund.

Das Labyrinth war im wahrsten Sinne des Wortes gigantisch. Es war uralt – viel, viel älter als Drachenthal oder irgendein anderer Ort, den Themistokles kannte – und niemand wusste, wer es ursprünglich angelegt hatte oder wozu; so wenig wie irgendjemand wusste, wie weit sich das Durcheinander aus Gängen, Stollen, Sälen, Treppen, Hallen, Schächten und Räumen wirklich erstreckte. Nicht einmal Themistokles war sicher, ob er den Ausgang jemals wiederfinden würde, sollte er sich hier unten verirren.

Seine Laune nahm noch weiter ab, als er näher kam und allmählich nicht nur die Stimmen, sondern auch die Worte verstehen konnte. Themistokles löschte das magische Licht endgültig und schlich in vollkommener Dunkelheit und auf Zehenspitzen weiter.

»... nicht auf uns sitzen lassen«, hörte er eine Stimme, die er auf Anhieb als das rauchige Knarren Feuers erkannte. »Wenn der alte Knacker glaubt, er könnte hierherkommen und uns alles kaputt machen, dann wird er sein blaues Wunder erleben!«

So, so, dachte Themistokles. Das war er also für seine neuen Schüler. Ein *alter Knacker.*

»Immerhin sprichst du von Themistokles«, wandte eine andere Stimme ein, von der er annahm, sie gehö-

re Sturm. »Dem mächtigsten aller Magier!« Themistokles lächelte versöhnt. Anscheinend waren nicht *alle* hier so unverschämt und Sturm fuhr im gleichen Tonfall fort: »Auch wenn er seine besten Tage schon hinter sich hat. Ich habe gehört, er ist schon ziemlich vertrottelt.«

»Den alten Zausel rauche ich in der Pfeife!«, behauptete Feuer großspurig. »Niemand kommt mir hier in die Quere!«

»Aber er ist immer noch ein Zauberer«, gab Sturm zu bedenken. »Und auch ein verblödeter alter Kalkbolzen von Zauberer ist und bleibt ein Zauberer.«

»Pah!«, machte Feuer. »Da erzählt mein Onkel, der Tatzelwurm, aber was ganz anderes!«

Themistokles, der kurz davor stand, vom Schlag getroffen zu werden, hatte genug gehört. Mit einem entschlossenen Schritt (und vor Wut puterrot angelaufenem Gesicht) trat er aus seinem Versteck im Schatten heraus und fragte: »Was erzählt denn dein Onkel, wenn ich fragen darf?«

Die Reaktion auf sein plötzliches Erscheinen war bemerkenswert, auch wenn er keine Antwort auf seine Frage bekam: Sturm kreischte, als hätte ihm ein Riese unversehens auf den langen, schuppigen Schwanz getreten. Der Zwerg machte einen raschen Schritt zur Seite und wurde fast unsichtbar, als er seine Haut wie die eines Chamäleons der Farbe und

Struktur der Felswand hinter sich anpasste – Zwerge können so etwas – und das vielbeinige Etwas, das Themistokles noch immer nicht richtig identifizieren konnte, sprang mit einem einzigen Satz zur Decke hoch und klammerte sich dort mit dem Kopf nach unten fest. Nur Feuer blieb, nach einem einzelnen, heftigen Zusammenzucken, vollkommen ruhig und sah Themistokles aus trotzig funkelnden Augen an.

»Themistokles«, knurrte er.

»Die korrekte Anrede lautet *Meister Themistokles*«, verbesserte ihn der Magier. Normalerweise legte er keinen Wert auf Titel, sondern empfand sie im Gegenteil als ebenso überflüssig wie peinlich, aber bei diesem vorlauten Schnösel erschien es ihm angebracht, die Form zu wahren. »Es sei denn, du ziehst es vor, mich *alter Knacker* zu nennen oder . . .«, er schoss einen zornigen Blick in Sturms Richtung ab, der daraufhin wie Espenlaub zu zittern begann, ». . . Kalkbolzen.«

»Ihr habt gelauscht«, stellte Feuer ohne das geringste Anzeichen von Reue fest. Themistokles glaubte nicht, dass er wusste, was das Wort überhaupt bedeutete.

»Das war gar nicht nötig«, antwortete Themistokles. »Ihr wart nun wirklich laut genug!«

»Normalerweise kommt ja auch niemand hier herun-

ter«, blaffte Feuer. Themistokles hatte das sichere Gefühl, dass er noch sehr viel mehr sagen wollte, aber dann klappte er im letzten Moment den Mund zu und war klug genug zu schweigen.

»Und das aus gutem Grund!«, versetzte Themistokles. »Ihr wisst, dass es verboten ist! In diesem Labyrinth ist schon mehr als einer verschwunden, ohne je wieder aufzutauchen.«

»Quark mit Zwiebelsoße«, grollte Feuer. »Ich kenne mich hier aus.«

Diesmal war es Themistokles, der es vorzog, nicht zu antworten. Er wäre wahrscheinlich explodiert, hätte er es getan. Stattdessen sog er nur hörbar die Luft zwischen den Zähnen ein, trat einen Schritt zurück und legte den Kopf in den Nacken, um das vielbeinige Etwas zu betrachten, das noch immer unter der Decke hing, vor Angst an allen Gliedern schlotterte und ihn aus mindestens einem halben Dutzend winziger Knopfaugen furchtsam musterte.

Themistokles konnte sich eines leisen Fröstelns nicht erwehren, als er erkannte, um was für ein Geschöpf es sich handelte. Es war eine Spinne. Ihr Körper war größer als ein Medizinball und die Beine, die mit flauschigem dunkelroten Fell bedeckt waren, mussten ausgestreckt die Länge eines erwachsenen Mannes haben. Themistokles kramte einen Moment angestrengt in seinem Gedächtnis, bis ihm wieder einfiel, dass es un-

ter allen sprechenden Tieren Märchenmonds auch ein paar gab, die es sich getrost sparen konnten, bei einem Schönheitswettbewerb anzutreten ...

»Du da!«, sagte er streng, während er mit dem ausgestreckten Zeigefinger wie mit einem Stock nach der Spinne spießte. »Komm runter!«

Die Spinne zögerte noch einen Moment, setzte sich dann aber gehorsam in Bewegung und stakste auf ihren langen Beinen an der Decke entlang und die Wand herab. Zitternd blieb sie zwei Meter vor Themistokles stehen und Themistokles seinerseits musste zugeben, dass er heilfroh war, dass sie nicht näher kam. Sie war wirklich abgrundtief *hässlich.*

»Wie ist dein Name?«, fragte er.

»Ich ... ich habe keinen Namen, Meister Themistokles«, stammelte die Spinne.

»Keinen Namen?«

»Sie braucht keinen«, grollte Feuer. »Es gibt immer nur eine von ihrer Art, wisst Ihr das denn nicht, *Meister* Themistokles?«

Allein die Art, wie er das Wort *Meister* aussprach, dachte Themistokles, machte es zu einer Frechheit. Aber Themistokles schluckte seinen Ärger herunter und drehte sich in die Richtung herum, in der er den Zwerg vermutete. »Und du?«

»Jarrn«, schnarrte es, ein gutes Stück neben der Stelle, die Themistokles angeblickt hatte. »Jarrn der Zweite.«

»Feuer, Sturm, Spinne und Jarrn«, wiederholte Themistokles.

»Der Zweite.«

»Und möglicherweise der Letzte, wenn du so weitermachst«, gab Themistokles böse zurück. Dass er den Zwerg dabei nicht ansehen konnte, sondern nur die Wand dort, wo er ihn *vermutete,* war äußerst gewöhnungsbedürftig, aber er gab sich zumindest Mühe, Würde zu bewahren. »Diese Namen werde ich mir ganz besonders gut merken.«

»Jaja, das wäre nicht schlecht«, sagte Feuer patzig.

»Ich wiederhole meine Frage«, beharrte Themistokles, dem es immer schwererfiel, nicht einfach loszubrüllen oder etwas noch viel Schlimmeres zu tun, das er später bedauern würde – wenn auch bestimmt nicht annähernd so sehr wie diese vier Früchtchen. »Was tut ihr hier? Wenn ich mich richtig erinnere, waren wir oben im Hof verabredet!«

Niemand antwortete. Sturm und Spinne zitterten vor Angst immer noch um die Wette und Jarrn der Zweite blieb einfach verschwunden, während Feuer ihn weiterhin reglos, aber aus böse glitzernden Augen anstarrte.

»Aber vielleicht habt ihr ja gar nicht damit gerechnet, dass ich zu unserer Verabredung erscheine«, fuhr Themistokles fort. »Vielleicht habt ihr ja geglaubt, dass ich gar nicht mehr kommen *kann.*«

Abgesehen von Feuer erntete er nur verständnislose Blicke, sodass er schließlich in die Tasche griff und den Stein herausholte. »Kommt euch das irgendwie bekannt vor?«
»Nein«, antworteten Spinne, Jarrn der Zweite und Sturm wie aus einem Mund. Themistokles senkte irritiert den Blick und stellte fest, dass der Mauerstein immer noch die Größe eines Spielwürfels hatte. Rasch murmelte er einen Zauberspruch und der Beweis für den feigen Anschlag wuchs sofort zu seiner ursprünglichen Größe an, bis er zu schwer war, um ihn mit nur einer Hand zu halten, und Themistokles' Fingern entglitt. Mit einem lauten Poltern fiel er zu Boden und zerbrach in drei Teile. Feuer grinste unverschämt.
Themistokles räusperte sich verlegen und straffte die Schultern. »Kommt euch dieser ... äh ... Mauerstein irgendwie bekannt vor?«, fragte er.
»Nö«, antwortete Sturm. Die Spinne schüttelte sich – und da sie keinen Kopf hatte, war das wohl ihre Art, den Kopf zu schütteln – und auch Jarrn schnarrte ein halblautes »Nein«. Feuer starrte Themistokles nur weiter an.
»Nun, dann werde ich eurem Gedächtnis ein wenig auf die Sprünge helfen«, sagte Themistokles. »Dieser Stein hätte mich um ein Haar getroffen.«
»Unglücke kommen vor«, gab Feuer zu bedenken.

Sturm hingegen wirkte eindeutig betroffen. Die Gedanken der Spinne zu lesen, war vollkommen unmöglich, während er den Zwerg nicht einmal sah, denn nachdem er sich verkrümelt hatte, zog Jarrn der Zweite es vor, auch verkrümelt zu bleiben.

»Sicher«, bestätigte Themistokles. »Vor allem wenn jemand ein bisschen nachhilft.«

»Das ... das hast du doch nicht wirklich getan«, murmelte die Spinne fassungslos.

»Ein kleiner Denkzettel hat noch keinem geschadet«, sagte Feuer trotzig. »Themistokles ist ein Zauberer, oder? Meistermagier haben doch angeblich einen Schutzzauber, sodass ihnen gar nichts passieren kann.«

»Selbst wenn es so wäre«, antwortete Themistokles – wobei er sich hütete zu sagen, dass Feuers Behauptung ausgemachter Blödsinn war; nichts als etwas, das er sich in genau diesem Moment ausgedacht hatte, um sich vor seinen Freunden zu verteidigen –, »gibt euch das noch lange nicht das Recht für *solche* Scherze! Was, wenn einer der anderen Schüler durch diese Tür gegangen wäre? Der Stein hätte ihn erschlagen können!«

»Na und?«, machte Feuer. »Müssen sie eben aufpassen! Ein bisschen Schwund ist immer.«

Themistokles japste hörbar nach Luft. »Ein bisschen ...?«, ächzte er. »Aber da hört sich doch alles auf!«

Selbst Sturm und die beiden anderen wirkten eindeutig schockiert, aber Feuer hielt Themistokles' Blick gelassen stand. Und mehr noch: Hinter dem kindlichen Trotz in den Augen des Drachen erkannte Themistokles plötzlich eine Härte, die ihn erschauern ließ. Das war kein aufsässiger Bengel mehr, der ihm gegenüberstand, sondern ein zu allem entschlossenes Wesen – ein *gefährliches* Wesen –, das weder Gnade noch Rücksicht noch irgendeine Art von Mitgefühl kannte. Ein rascher, aber eiskalter Schauer lief über Themistokles' Rücken. Plötzlich erinnerte er sich wieder an die Worte des Zwerges und für einen Moment *hatte* er Angst.

Unsinn! Themistokles verscheuchte den Gedanken. Wer war er, dass er sich vor einem *Kind* fürchtete? Gut, es war ein Kind, das ungefähr zweitausend Pfund wog, vier Meter lang war und Hauer wie ein Säbelzahntiger hatte – und das so ganz nebenbei wahrscheinlich auch noch Feuer spucken konnte –, aber nichtsdestoweniger ein Kind. Vielleicht war dies der Moment, eine andere, fast vergessene Sitte aus der guten alten Zeit hervorzukramen: Nämlich dass man den lieben Kleinen manchmal Respekt vor dem Alter beibringen musste ...

Der Zorn schwand von seinem Gesicht und machte großem Ernst, aber auch großer Entschlossenheit Platz.

»Also gut«, sagte er ruhig. »Ich sehe schon, dass gutes Zureden so wenig Sinn hat wie Appelle an eure Vernunft. Dann muss ich wohl andere Saiten aufziehen.«

»Na, da bin ich aber mal gespannt«, zischte Feuer.

»Ich will gar nicht wissen, was ihr hier unten zu suchen hattet«, fuhr Themistokles fort. »Und ich will auch gar nicht mehr wissen, was ihr vorhin besprochen habt.«

»Das ginge Euch auch gar nichts an«, sagte Feuer patzig. »Es gibt so etwas wie Privatsphäre.«

Themistokles ignorierte die unverschämte Antwort – so schwer es ihm auch fiel – und fuhr mit unveränderter Ruhe fort: »Ab sofort werdet ihr keinen Fuß mehr in dieses Labyrinth setzen. Eure sogenannte *Bande* ist aufgelöst. Ihr könnt gern Freunde bleiben, aber ihr werdet euch nicht mehr zusammen irgendwo herumtreiben, wo ihr nichts zu suchen habt, und ihr werdet anderen Schülern nicht mehr verbieten, ihre Zauberkräfte anzuwenden oder am Unterricht teilzunehmen.«

Feuer zischte. Die Spinne begann, noch heftiger zu zittern, und auch Sturm stieß ein ungläubiges Keuchen aus. Einzig Jarrn der Zweite war klug genug, die Klappe zu halten.

»Ich möchte, dass ihr jetzt nach oben und zu den anderen geht«, fuhr Themistokles fort. »In einer Stunde fängt der Unterricht an. Ich erwarte euch pünktlich!«

Die Spinne trippelte ein paar Schritte in Richtung Tür und auch ein Teil der gegenüberliegenden Wand schien auf einmal in Bewegung zu geraten, als sich Jarrn der Zweite von seinem Platz löste. Aber beide blieben abrupt stehen, als Feuer ein drohendes Zischen ausstieß.

»So läuft das nicht«, fauchte er. »Das lasse ich mir nicht bieten!«

»Wie bitte?«, fragte Themistokles.

»Das lassen wir uns nicht gefallen!«, schrie Feuer – und dann riss er zu Themistokles' maßlosem Entsetzen das Maul auf und stieß eine meterlange Flamme in seine Richtung!

Themistokles war so überrascht, dass er erst im allerletzten Moment seine eigene Magie entfesselte, um den tödlichen Feuerstoß abzuwehren. Die Flamme erlosch, aber allein ihre Wucht reichte, um Themistokles zurück und gegen die Wand prallen zu lassen. Vollkommen fassungslos und schier gelähmt vor Schrecken starrte er den jungen Feuerdrachen an – nicht weil er wirklich Angst vor ihm gehabt hätte, sondern weil er einfach nicht glauben konnte, was er getan hatte. Es vergingen endlose Sekunden, bis er sich wieder aufrichtete und sich ungläubig mit der Hand über das Gesicht fuhr. Wo seine Augenbrauen gewesen waren, war jetzt nur noch graue Asche. Hätte er auch nur einen Sekundenbruchteil später reagiert . . .

Noch immer viel mehr verwirrt als wirklich zornig, trat Themistokles auf Feuer zu und begann, einen Zauberspruch zu murmeln, um es diesem dreisten Burschen heimzuzahlen, aber er kam nicht dazu. *»Packt ihn!«*, brüllte Feuer und stieß eine weitere, noch heißere Flammenzunge aus. Diesmal war Themistokles vorgewarnt, sodass es ihm ein Leichtes war, den Angriff abzuwehren, doch dann geschah etwas, womit er nun wirklich nicht gerechnet hatte: Zögernd, dann aber doch einer nach dem anderen, entfesselten auch Spinne, Sturm und Jarrn der Zweite ihre magischen Kräfte und fügten sie denen des Feuerdrachens hinzu und mit einem Male schlug eine Woge unvorstellbar hellen, unvorstellbar *heißen* Feuers über Themistokles zusammen, eine Flamme, die ihn auf der Stelle zu Asche verbrannt hätte, hätte sie ihn getroffen.

Nur den Bruchteil eines Atemzuges zuvor aber entfesselte auch der Magier all seine Zauberkräfte. Das Feuer hielt um Haaresbreite vor ihm inne. Die Flammen erloschen nicht, aber sie erstarrten und schienen plötzlich aus leuchtendem Glas zu bestehen, das sich keinen Millimeter mehr bewegte, und verloren auch ihre Hitze.

Mit einem erleichterten Seufzer richtete sich Themistokles auf und sah sich um. Nicht nur die Flammen, auch Feuer und die drei anderen waren mitten in der

Bewegung erstarrt; so als wären sie eingefroren. Themistokles stand lange einfach so da, blickte die beiden Drachen, den Zwerg und die Spinne fassungslos an und versuchte, den Gedanken zu akzeptieren, dass diese vier ihn hatten *umbringen* wollen. Das war kein Scherz mehr, der aus dem Ruder lief, wie die Sache mit dem Stein, sondern tödlicher Ernst.
Und plötzlich überkam Themistokles eine tiefe, bittere Trauer. Aller Zorn war verflogen und für einen Moment musste er mit aller Kraft gegen die Tränen ankämpfen.
Endlich aber kam er zu einem Entschluss. Themistokles seufzte tief und murmelte einen Zauberspruch und plötzlich fanden er und die vier anderen sich mitten auf dem Burghof wieder. Für einen Moment zitterte der Boden unter seinen Füßen, als das Feuer tief unter ihnen aus seiner magischen Starre brach und die Wände des Labyrinths zu Glas zerschmelzen ließ; auch Feuer und seine Freunde erwachten langsam wieder aus ihrer Bewegungslosigkeit. Themistokles sah sie einen Moment lang traurig an, dann murmelte er abermals einen Zauberspruch und klatschte zusätzlich in die Hände und plötzlich erschienen *alle* Schüler auf dem Hof. Die meisten guckten ziemlich verdutzt und einige stießen auch ein erschrockenes Keuchen aus oder landeten quietschend auf dem Hinterteil, denn sie hatten gesessen, als The-

mistokles sie von ihren Stühlen und Bänken weggezaubert hatte.
Themistokles wartete, bis wieder einigermaßen Ruhe eingekehrt war, dann hob er die Arme und rief mit lauter, magisch verstärkter Stimme: »Schüler von Drachenthal! Es tut mir leid, dass ich euch zu einem so traurigen Anlass zusammenrufen muss, aber es ist etwas geschehen, das keinen Aufschub duldet. Diese vier hier . . .«, er deutete nacheinander auf Feuer, Sturm, Spinne und Jarrn den Zweiten, ». . . haben etwas getan, das unverzeihlich ist! Sie haben ihre magischen Kräfte eingesetzt, um etwas Schlechtes zu tun. Nie, *niemals* dürft ihr eure Zauberkräfte für Schlechtes einsetzen, ganz egal, wie verlockend es auch sein mag und wie sehr ihr euch im Recht fühlt! Und aus diesem Grunde – so schwer es mir selbst auch fällt – wird auch die Strafe entsprechend hart sein.«
Er hob abermals die Arme und klatschte zweimal in die Hände.
Nichts geschah. Sturm, Feuer und die beiden anderen sahen sich verwirrt an, so als erwarteten sie, dass ihnen etwas ungemein Schreckliches widerfahren müsse. Aber nichts, rein gar nichts passierte.
»Und . . . jetzt?«, fragte die Spinne schüchtern.
Themistokles sagte immer noch nichts, doch nach einer Weile klappte Feuer das Maul auf – und ließ ein fast komisch anmutendes Röcheln hören. Er versuch-

te es noch einmal, aber weder Feuer noch Rauch erschienen. »Meine . . . meine Zauberkräfte!«, keuchte er schließlich.

»Ja«, sagte Themistokles ernst. »Ich habe sie euch genommen.«

Der magische Schacht

Der erste Tag in Drachenthal hatte einfach kein Ende nehmen wollen. Fräulein Bienenstich hatte ihre Drohung wahr gemacht und gleich am Nachmittag mit dem Unterricht angefangen, obwohl offiziell noch zwei Tage Ferien waren – todlangweiliger Mathematikunterricht noch dazu! –, und der Rest des Tages war auch nicht viel erbaulicher gewesen. Den zwei Stunden Mathe war eine womöglich noch langweiligere Stunde gefolgt, in der Biene (*alle* nannten sie so, wenn sie nicht in Hörweite war) ihnen die übrigen Lehrer vorgestellt hatte, und dann eine *noch* langweiligere Führung durch das Internat, während der ihnen Fräulein Bienenstich erklärt und gezeigt hatte, was Rebekka schon längst von Tom wusste. Jetzt nach einem – langweiligen – Abendessen war Rebekka heilfroh, in ihr Zimmer zurückkehren zu können. Und sie atmete regelrecht auf, als sie feststellte, dass es leer war; ihre ungeliebte Zimmergenossin war nicht da. Samanthas Bett war unberührt, und wenn es nach Rebekka ging, dann konnte das auch für die nächsten elf Monate so bleiben.

Ohne Licht einzuschalten, schlurfte sie zum Bett und ließ sich angezogen der Länge nach darauffallen. Sie

war hundemüde, aber sie spürte zugleich, dass sie jetzt – und vielleicht in dieser ganzen Nacht – keinen Schlaf finden würde. Sie war viel zu aufgewühlt und außerdem hätte sie am liebsten laut losgeheult.

Noch auf dem Weg hierher, ja selbst kurz nach ihrer Ankunft und in Antons klapprigem Bus, hatte sie geglaubt, dass sie sich schon irgendwie mit dem Gefängnis abfinden würde, das ihre Eltern für das nächste Jahr für sie ausgesucht hatten. Aber nun wusste sie, dass das nicht stimmte. Sie würde verrückt werden, wenn sie nur noch einen einzigen Tag hier zubringen musste!

Es war ja nicht nur Samantha, der strenge Tagesablauf dieses Internats oder Fräulein Bienenstich. Das Schlimmste waren die unheimlichen Erlebnisse – und Gedanken! –, die einfach kein Ende nehmen wollten, seit sie hergekommen war. Peer Andermatt, Themistokles und alles andere . . . ihr schossen Tausende von Erinnerungen durch den Kopf; Erinnerungen, an Dinge, die sie *erlebt hatte!* Und es wurde schlimmer mit jeder Minute, die sie in diesem Spukschloss verbrachte.

Nicht zum ersten Mal an diesem Tag versuchte Rebekka, eine logische Erklärung für etwas zu finden, das sich einfach nicht logisch erklären ließ. Solange sie sich erinnern konnte, hatte sie sich für fantastische Geschichten aller Art interessiert. Ihr Bücherregal zu

Hause wimmelte nur so von Romanen über Elfen, Feen und Einhörner, über gewaltige Zauberer und Feuer speiende Drachen und *eine* Erklärung war, dass die Aufregung der zurückliegenden Tage und vor allem diese neue, unbekannte Umgebung dazu geführt hatten, dass sie sich alles nur einbildete. Das war eine durchaus logische Erklärung.

Dummerweise war es nicht die *richtige* Erklärung.

Die Bilder, die wild in ihrem Kopf durcheinanderpurzelten, waren *Erinnerungen,* keine *Einbildung!*

Rebekka hätte vielleicht noch stundenlang so wach gelegen und sich das Gehirn zermartert, hätte sie nicht in diesem Moment ein leises Geräusch gehört; fast – aber eben nur fast – wie ein schüchternes Kratzen an der Zimmertür.

Verwirrt hob Rebekka den Kopf aus den Kissen, blinzelte im Dunkeln in Richtung Tür und fuhr sich mit der Hand über das Gesicht, ehe sie sich aufsetzte. Ihre Finger blieben trocken, was sie einigermaßen beruhigte. Sie war nicht sicher gewesen, ob sie nicht vor stummer Verzweiflung geweint hatte.

Das Kratzen wiederholte sich, noch leiser diesmal, aber irgendwie . . . fordernder. Rebekka setzte dazu an, »Herein« zu rufen, entschied sich aber dann dagegen; möglicherweise war es ja Tom, der gekommen war, um sie heimlich zu besuchen. Sie stand auf, ging zur Tür und drückte lautlos die Klinke herunter.

Es war nicht Tom.
Es war überhaupt niemand. Der lange Flur war dunkel und leer.
Rebekka blickte einen Moment lang verwirrt um sich und wollte schon in ihr Zimmer zurückgehen – wahrscheinlich hatte sie sich doch getäuscht –, als sie einen Schatten ganz am Ende des Flures zu erkennen glaubte. Es war nur ein Huschen, kaum sichtbar, und noch dazu war das Licht hier draußen auf dem Flur so schlecht, dass man sowieso kaum die berühmte Hand vor Augen erkennen konnte, aber irgendetwas daran war . . . seltsam.
Rebekkas Herz begann zu klopfen. Wieder war es viel mehr das, was sie spürte, als das, was sie wirklich *sah,* aber das Gefühl war einfach zu drängend, um es zu ignorieren, und so trat sie leise auf den Flur hinaus und zog die Tür hinter sich zu.
Sie hatte den halben Weg zur Treppe zurückgelegt, als sie den Schatten abermals bemerkte. Diesmal war er etwas deutlicher, fast schon eine Gestalt, und Rebekka runzelte nachdenklich die Stirn, während sie gleichzeitig ihre Schritte beschleunigte. War das Tom? Oder . . .?
Sie gestattete sich nicht, den Gedanken zu Ende zu denken. Es war schon schlimm genug, wenn ihre Fantasie sie fertigzumachen versuchte. Sie musste ihr nicht auch noch dabei helfen.

Das war auch nicht nötig. Sie erreichte die Treppe und sah nach unten und auf dem nächsten Absatz stand reglos und schemenhaft, dennoch aber deutlich zu erkennen, Peer Andermatt. Rebekka fuhr zusammen, blieb aber nicht stehen, sondern zwang im Gegenteil ein nervöses Lächeln auf ihr Gesicht und sagte: »Hallo, Schlossgespenst!«

Ihre Stimme erzeugte ein merkwürdig helles flüsterndes Echo in dem dunkel daliegenden Treppenhaus und der dunkelhaarige Junge mit der seltsamen Kleidung hob den Kopf und sah traurig zu ihr hoch. Rebekka beschleunigte ihre Schritte ein bisschen und ließ die rechte Hand über das Treppengeländer schleifen, was ein noch eigenartigeres raschelndes Geräusch verursachte, und als sie die halbe Treppe überwunden hatte, wandte sich Peer Andermatt ab und ging weiter.

»Warte doch!«, rief Rebekka. »Bleib stehen! Ich wollte dich nicht beleidigen, ehrlich!«

Peer Andermatt drehte den Kopf und warf ihr wieder dieses sonderbar traurige Lächeln zu, blieb aber nicht stehen, sodass Rebekka ihre Schritte noch mehr beschleunigte – aber es nutzte nichts. So schnell sie auch lief – und die letzten Stufen *flog* sie regelrecht hinunter! –, der Abstand zwischen ihnen wurde nicht kleiner. Sie erreichten die nächste Etage und dann die große Eingangshalle, die in der Nacht noch düsterer

und unheimlicher wirkte als am Tage, und Rebekka blieb schwer atmend stehen.
Auch der Steppenreiterprinz hielt an und blickte auffordernd zu ihr zurück und Rebekka begriff. Peer Andermatt *wollte,* dass sie ihm folgte. Wahrscheinlich wollte er ihr etwas Bestimmtes zeigen. Sie ging ihm hinterher, jetzt aber etwas langsamer, um wieder zu Atem zu kommen.
Andermatt durchquerte die Halle und steuerte eine schmale, sehr niedrige Tür in der gegenüberliegenden Wand an. Rebekkas Herz machte einen erschrockenen Sprung in ihrer Brust, als sie sah, dass er *einfach hindurchging,* als bestünde sie nicht aus massivem Holz, sondern wäre nur eine Illusion. Hätte sie noch einen Beweis gebraucht, dass mit Peer Andermatt wirklich etwas nicht stimmte, so wäre er hiermit erbracht gewesen.
Anders als ihr unheimlicher Führer konnte Rebekka nicht einfach durch die Tür hindurchgleiten, aber sie schwang vollkommen lautlos auf, kaum dass sie die Hand daraufgelegt hatte. Dahinter kam eine schmale, steil nach unten führende Treppe zum Vorschein, die wie ein gemauertes Schneckenhaus in die Tiefe führte. Ein mildes, ganz sacht goldfarbenes Licht erfüllte die Luft und irgendwo zeigte ein flackernder Schatten, dass Peer Andermatt dort unterwegs war. Rebekka hatte kein gutes Gefühl – dieser Treppen-

schacht gefiel ihr nicht und das, was sie an seinem unteren Ende erwarten mochte, noch sehr viel weniger –, aber sie zögerte dennoch keine Sekunde, ihrem geisterhaften Führer zu folgen.
Nachdem sie ein gutes Dutzend Windungen des steinernen Schneckenhauses hinter sich gebracht hatte, wurde das Licht schwächer und auch Peers Gestalt schien allmählich an Substanz zu verlieren. Rebekka wagte es nicht, nach ihm zu rufen, aber sie beschleunigte ihre Schritte, obwohl sie wusste, wie sinnlos es war, und trotz der damit steigenden Gefahr, auf den schmalen Stufen auszugleiten und zu stürzen, was hier unten unerfreuliche Folgen haben konnte. Noch eine Windung und noch eine und noch eine – und dann fand sie sich in einem niedrigen gewölbten Gang wieder, der sich nach wenigen Schritten in absoluter Dunkelheit verlor.
Peer Andermatt war stehen geblieben, aber Rebekka sah voller Schrecken, dass er nun nicht mehr als ein fast durchsichtiger Schemen war, der mit jedem Herzschlag weiter verblasste. Plötzlich beinahe in Panik, legte sie einen kurzen Endspurt ein, aber damit machte sie es nur schlimmer: Mit jedem Schritt, den sie tat, verlor die Gestalt Peer Andermatts mehr Substanz. Als sie nur noch einen Schritt weit von ihm entfernt war, drehte er sich zu ihr um und hob die Hand, wie um ihr zum Abschied zuzuwinken, und dann

war er endgültig verschwunden. Zugleich erlosch das magische Licht und Rebekka blieb in vollkommener Dunkelheit zurück.
Für einen Moment drohte sie, doch noch in Panik zu geraten. Sie war maßlos enttäuscht und die Dunkelheit und das grässliche Gefühl, lebendig eingemauert zu sein, zerrten an ihren Nerven. Alles in ihr schrie regelrecht danach, herumzufahren und den Weg zurückzugehen, den sie gekommen war – was sie gekonnt hätte. Sie befand sich nur ein paar Schritte von der Treppe entfernt, und sich in totaler Finsternis die schmalen Stufen hinaufzutasten, war bestimmt nicht lustig, aber möglich. Wenn sie jedoch weiterging (und warum sollte sie etwas derart Dummes tun?), dann war es praktisch sicher, dass sie sich verirrte. Gott allein mochte wissen, wie groß dieses unterirdische Labyrinth war, in das Peer Andermatt sie geführt hatte, und vielleicht nicht einmal er.
Und dennoch . . .
Sie konnte einfach nicht glauben, dass Andermatt sie ohne Grund hier heruntergebracht hatte.
Rebekka blieb eine Weile mit geschlossenen Augen stehen, zwang sich, ruhig und tief ein- und auszuatmen, und wartete, bis ihr Herz aufgehört hatte, wie ein außer Rand und Band geratenes Hammerwerk zu schlagen.
Als sie die Augen wieder öffnete, sah sie einen blas-

sen Lichtschein am Ende des Tunnels; kein magisches Licht diesmal, sondern das rötliche unstete Flackern einer Kerze. Und nur einen Moment später hörte sie Stimmen.

Sie zögerte noch ein letztes Mal – es war wirklich *unvernünftig,* jetzt weiterzugehen –, aber dann schlich sie auf Zehenspitzen los.

Der Lichtschein war weiter entfernt, als sie geglaubt hatte. Rebekka musste sicherlich dreißig oder vierzig Meter zurücklegen – eine gewaltige Entfernung, wenn man mit jedem Schritt mehr Gefahr lief, die Orientierung zu verlieren –, bis sie endlich eine Abzweigung erreichte und die Stimmen lauter und das Licht heller wurden.

»... lasse ich mir nicht bieten!«, hörte sie. Rebekka zog überrascht die Brauen zusammen, als sie die Stimme ganz zweifelsfrei als die Samanthas erkannte. »Wenn diese dumme Kuh glaubt, sie könne hierherkommen und sich aufspielen, dann hat sie sich geschnitten!«

Rebekkas Stirnrunzeln vertiefte sich. Sie hatte eine ziemlich klare Vorstellung davon, wen Samantha mit der *dummen Kuh* gemeint hatte. Aufmerksam lauschte sie weiter.

»Wahrscheinlich steckt Biene dahinter«, fuhr Samantha fort. »Die alte Ziege arbeitet ja schon lange daran, mich rauszuekeln! Aber sie wird sich noch wundern! Beide werden sich noch wundern!«

»Uns geht es noch viel schlimmer«, antwortete eine andere Stimme, bei deren bloßem Klang Rebekka ein kalter Schauer über den Rücken lief. Sie war tief und knarrend und hörte sich gar nicht richtig wie die eines Menschen an, sondern eher wie . . . nein. Sosehr sich Rebekka auch bemühte, sie konnte nicht sagen, wonach diese Stimme klang. Unheimlich eben. »Themistokles hat uns unsere Zauberkräfte genommen! Aber der alte Drecksack wird sich noch wundern. Wir haben noch ein paar böse Überraschungen für ihn. Diese Schande lassen wir nicht auf uns sitzen!«
»Vielleicht kann ich euch ja helfen«, schlug Samantha vor. »Wenn ihr dafür im Gegenzug . . .«
Hinter ihr scharrte etwas Hartes über Stein und Rebekka fuhr erschrocken herum und konnte gerade noch einen Schrei unterdrücken, als sie die Gestalt gewahrte, die wie aus dem Nichts hinter ihr aufgetaucht war. Der Schrecken hatte jedoch nicht einmal ausreichend Zeit, Besitz von ihr zu ergreifen, da erkannte sie, wer ihr da so klammheimlich gefolgt war.
»Tom!«, flüsterte sie erleichtert.
Der Junge legte erschrocken den Zeigefinger auf die Lippen, lächelte aber zugleich auch beruhigend und bedeutete ihr mit einer Geste weiterzugehen. Rebekka erwiderte sein Lächeln nervös und zog eine Grimasse, um ihm klarzumachen, wie sehr er sie erschreckt hatte. Gleichzeitig drehte sie sich aber ge-

horsam um und schlich noch ein kurzes Stück weiter, bis sie vorsichtig um die Ecke spähen konnte.

Was sie sah, hätte ihr wieder um ein Haar einen Schrei entlockt.

Hinter dem Durchgang lag ein großer gemauerter Raum mit gewölbter Decke, der vom flackernden Schein einer einzelnen Kerze in eindeutig mehr Schatten als Licht getaucht wurde. Samantha und zwei weitere Mädchen – Rebekka glaubte, sich zu erinnern, dass ihre Namen Regina und Ulrike waren, war sich aber nicht ganz sicher – saßen auf den Knien um einen gut zwei Meter messenden gemauerten Schacht, der in bodenlose Tiefen zu führen schien.

Für all das hatte Rebekka aber kaum mehr als einen flüchtigen Blick übrig. Wie gebannt starrte sie auf das, was wie von Geisterhand gehalten reglos genau über dem Schacht in der Luft schwebte.

Es war eine Spiegelscherbe. Sie hatte die Form eines unregelmäßigen Halbmondes und war ungefähr so groß wie zwei nebeneinandergelegte Hände und ihre Oberfläche war vollkommen schwarz; ein Schwarz von einer Tiefe, wie sie es noch nie zuvor gesehen hatte.

Doch das Gesicht, das sich darin spiegelte, war nicht das Samanthas . . .

Rebekka riss nicht *fast*, sondern *eindeutig* entsetzt die Augen auf, als sie das breite, von dunkelroten schup-

pigen Hornplatten bedeckte Gesicht erblickte, das ihr aus dem Spiegel entgegensah. Große, blutrot leuchtende Augen, Zähne wie geschliffene Krummdolche und von zackigen Schuppen gesäumte Nüstern und Ohren ... das war ein *Drache!*

Und damit nicht genug – dieses unglaubliche Abbild *sprach!*

»Das machen wir gern«, beantwortete es Samanthas vorhergehende Frage, die Rebekka nicht mitbekommen hatte, weil sie so erschrocken über Toms plötzliches Erscheinen gewesen war. »Aber zuerst solltest du dein kleines Problem lösen, meine ich.«

»Problem?« Samantha blinzelte. »Was für ein Problem?«

Der Drache lachte grollend. »Nun, wie mir scheint, ist da einer unter euch, der nicht dorthin gehört.«

»Wie?!« Samantha richtete sich kerzengerade auf und sah sich wild um. »Was meinst du damit, Feuer?«

»Ihr werdet belauscht, Dummkopf«, antwortete der Drache. »Jemand steht hinter der Tür!«

Rebekka fuhr entsetzt zusammen, als Samantha aufsprang, und am liebsten wäre sie auf der Stelle herumgefahren und davongerannt. Möglicherweise wäre alles ganz anders gekommen, ja, wahrscheinlich hätte es die ganzen aufregenden und zum Teil gefährlichen Ereignisse des kommenden Jahres gar

nicht gegeben, hätte sie es getan. Aber sie war schon zu weit gegangen, um jetzt noch einen Rückzieher zu machen, sie war zu neugierig, um es überhaupt noch zu *können,* und außerdem war ja auch noch Tom bei ihr, sodass sie gar keinen Grund hatte, sich zu fürchten. So suchte sie ihr Heil nicht in der Flucht, sondern raffte im Gegenteil all ihren Mut zusammen und trat mit einem entschlossenen Schritt ganz in den Raum hinein.

»Das stimmt«, sagte sie ruhig. »Ich dachte, hier wäre eine Party im Gange. Darf ich mitfeiern?«

Samantha keuchte vor Überraschung und auch Ulrike und Regina sprangen auf. Auf dem Gesicht des Drachen, das die Spiegelscherbe zeigte, erschien etwas, das wohl das Äquivalent eines drachischen Stirnrunzelns sein mochte, und seine Augen leuchteten noch bösartiger auf.

»Du!«, zischte Samantha. Ihre Stimme bebte vor Hass und ihr Gesicht war zu einer Grimasse verzerrt. »Das hätte ich mir ja denken können, dass du uns nachspionierst.«

»Das war gar nicht nötig«, antwortete Rebekka. »Ihr macht genug Krach, dass man euch im ganzen Schloss hört.« Das war natürlich vollkommener Unsinn und Rebekka fühlte sich auch nicht annähernd so selbstsicher, wie ihre Worte glauben machen sollten; nicht mehr, seit sie den hasserfüllten Ausdruck

auf Samanthas Gesicht gesehen hatte. Sie bekam es fast ein bisschen mit der Angst zu tun, aber ihr war auch klar, dass sie Samantha und den beiden anderen diese Angst auf keinen Fall zeigen durfte. Und außerdem war ja auch noch Tom bei ihr.

Als hätte er ihre Gedanken gelesen, trat Tom in diesem Moment ebenfalls in den Raum und nahm mit herausfordernd vor der Brust verschränkten Armen hinter ihr Aufstellung. Ein deutlicher Ausdruck von Überraschung erschien auf Samanthas Gesicht, aber da war auch noch etwas anderes. Rebekka konnte nicht sagen, was. Aber es gefiel ihr nicht.

»Du schnüffelst uns also nach«, fuhr Samantha fort, nachdem sie ihre Fassung halbwegs zurückgewonnen hatte. Sie schnaubte. »Hat Biene dich dazu beauftragt?«

Rebekka schüttelte den Kopf. Es fiel ihr immer noch schwer, den Blick von dem roten Drachengesicht in dem Spiegel zu wenden. *Spiegel.* Da war etwas mit einer Spiegelscherbe. Etwas Wichtiges. Aber sie konnte sich einfach nicht erinnern, was.

»Ich weiß nicht, welchen Streit Fräulein Bienenstich und du habt«, sagte sie ruhig, »aber ich habe jedenfalls nichts damit zu tun. Ich habe Biene heute zum ersten Mal gesehen und von alledem hier . . .« Sie machte eine wedelnde Handbewegung. ». . . habe ich bis vor ein paar Minuten gar nichts gewusst.«

Samanthas Augen wurden schmal. »Und das wäre auch besser so geblieben«, zischte sie. »Du glaubst doch nicht, dass wir dich noch einmal hier rauslassen?«

Allmählich wurde Rebekka doch ein bisschen mehr als nur mulmig zumute. Dieser Verrückten war alles zuzutrauen. Trotzdem zwang sie sich, Samanthas Blick gelassen standzuhalten, und lächelte sogar.

»Ach nein?«, fragte sie. »Und was willst du machen?«

Samantha beantwortete ihre Frage nicht, sondern kniff die Augen noch weiter zusammen, bis sie nur noch schmale Schlitze waren. Rebekka wusste plötzlich nicht mehr, wovor sie sich mehr fürchten sollte – vor dem unheimlichen Drachengesicht im Spiegel oder dem lodernden Hass, den sie in Samanthas Augen las?

»Du glaubst also wirklich, du könntest hier so einfach auftauchen und uns alles kaputt machen?«, fragte Samantha schließlich.

»Kaputt machen? Ich verstehe nicht ganz, was ...«

»Stell dich nicht noch dümmer, als du bist!«, unterbrach sie Samantha. Ihre Stimme wurde schrill und überschlug sich fast. »Du weißt ganz genau, wovon ich rede! Ich versuche seit drei Jahren, das Geheimnis dieses Schlosses zu lösen, und ich habe es fast geschafft!«

Rebekka warf einen raschen, unsicheren Blick auf das Drachengesicht im Spiegel. »Ja, das sieht man.«

»Pass auf, was du sagst!«, drohte Samantha. »Das Geheimnis gehört mir. Mir ganz allein!«
»Ich will es dir ja auch gar nicht streitig machen«, antwortete Rebekka. »Was bedeutet das alles hier?« Sie wies mit einer Kopfbewegung auf die Spiegelscherbe. »Was ist *das?*«
»Das geht dich gar nichts an!«, zischte Samantha. Dann schrie sie: *»Packt sie!«*
Ulrike und Regina stürmten auf sie zu und Rebekka benötigte nur den Bruchteil einer Sekunde, um zu der Erkenntnis zu gelangen, dass jetzt wirklich nicht der Moment war, falschen Heldenmut zu demonstrieren. Sie fuhr herum und rannte los, um aus dem Raum zu flüchten.
Genauer gesagt: Sie wollte es.
Tom vertrat ihr mit einem raschen Schritt den Weg, und als sie instinktiv zur Seite trat, streckte er die Arme aus und packte sie mit hartem Griff bei den Schultern. Rebekka keuchte vor Schrecken und versuchte, sich loszureißen, aber Tom griff nur umso fester zu, sodass ihr der Schmerz die Tränen in die Augen trieb. Fassungslos und zutiefst geschockt starrte sie Tom an. »Aber ... aber ...«
»Nimm's leicht, Schätzchen«, sagte Tom. Ein dünnes, gemeines Grinsen erschien auf seinem Gesicht. »Das Leben ist manchmal hart.«
»Aber wir sind härter«, höhnte Samantha. Tom lachte

und drehte Rebekka mit einem Ruck herum, sodass sie Samantha ansehen musste.
»Tja, ich sagte doch, dass du hier nicht so ohne Weiteres rauskommst.« Samantha nickte Tom zu und er versetzte Rebekka einen Stoß, der sie vorwärtstaumeln ließ. Dann trat Samantha neben Tom, schlang die Arme um seine Hüfte, stellte sich auf die Zehenspitzen und gab ihm einen schmatzenden Kuss auf die Wange.
»Gut gemacht, Schatz«, lobte sie.
»Aber immer, Sammy«, antwortete Tom grienend. »Ich weiß doch, was ich dir schuldig bin.«
Rebekka blickte fassungslos von einem zum anderen. Ihre Augen füllten sich vollends mit heißen Tränen und sie begann, am ganzen Leib zu zittern. »Aber ... aber du ...«
»Wir sind schon eine ganze Weile zusammen«, sagte Samantha fröhlich. »Aber wir tun immer so, als wären wir erbitterte Feinde – das macht die ganze Sache doch viel spannender. Hat er dir das etwa nicht verraten?«
Rebekka konnte nicht antworten. Sie konnte nicht einmal mehr *denken*. Sie fühlte sich so enttäuscht und erniedrigt wie niemals zuvor im Leben. Der Gedanke, wie hinterhältig und gemein Tom sie belogen hatte, tat weh.
»Aber vorhin, als du bei mir im Zimmer warst«, stammelte sie. »Und vorher ...«

»Wir mussten doch rauskriegen, was du wirklich weißt und wer dich geschickt hat«, erklärte Tom mit einem gemeinen Grinsen. »Weißt du, Schätzchen, du bist wirklich ein bisschen zu vertrauensselig. Süß, aber naiv.«

Rebekka konnte nicht mehr antworten. Es gelang ihr auch nicht, die Tränen noch länger zurückzuhalten.

»So, jetzt haben wir aber genug Süßholz geraspelt.« Samantha löste ihren Arm von Toms Hüfte, trat mit zwei, drei schnellen Schritten an den Schacht heran und wandte sich an den Drachen, der die ganze Szene schweigend, aber mit konzentrierter Aufmerksamkeit verfolgt hatte. »Ich danke dir noch einmal für deine Warnung, Feuer. Aber wie du siehst, haben wir die Situation im Griff.«

Der Drache grollte zustimmend und Samantha streckte den Arm aus und nahm die Spiegelscherbe an sich. Im gleichen Moment, in dem sie das schwarze Glas berührte, erlosch das Abbild des Feuerdrachen.

Als sie sich wieder zu Rebekka umdrehte, war jedes Lächeln von ihrem Gesicht verschwunden und in ihren Augen stand wieder jene furchtbare Härte. »Und jetzt zu dir.«

Sie nickte kaum merklich und Tom trat wieder hinter Rebekka und legte ihr die Hände auf die Schultern. Rebekka versuchte, sich loszumachen, aber sofort

griff Tom fester zu. Die Tränen rannen jetzt ungehemmt über ihr Gesicht.

»Für deine Krokodilstränen ist es ein bisschen zu spät, Schätzchen«, säuselte Samantha. Sie seufzte. »Die Frage ist: Was machen wir jetzt mit dir?«

»Sie wird niemandem etwas verraten«, sagte Tom. »Sieh sie dir doch an. Sie zittert ja jetzt schon vor Angst. Das ist doch so, oder?« Um seinen Worten noch mehr Nachdruck zu verleihen, verstärkte er den Griff so sehr, dass ihr nun der Schmerz die Tränen in die Augen trieb. Hastig nickte sie. Laut antworten konnte sie nicht, weil ihr der Kummer die Kehle zuschnürte.

»Das würde ich ja nur zu gern glauben«, sagte Samantha. »Aber irgendwie fällt es mir schwer.« Sie betrachtete nachdenklich erst Rebekka, dann die Spiegelscherbe in ihrer Hand und schließlich nickte sie, als wäre ihr plötzlich etwas eingefallen.

»Wo du doch so neugierig bist, wollen wir dich nicht dumm sterben lassen«, fuhr sie fort. Sie wedelte mit der Scherbe. »Tom hat dir vorhin nicht alles erzählt, weißt du? Das hier ist es, wonach Peer Andermatt sucht. Die Scherben des magischen Spiegels, der damals zerbrochen ist. Seither ist er in den Schatten hinter den Spiegeln gefangen. Nur wenn es ihm gelingt, alle Scherben zu finden und den *Schwarzen Spiegel* wieder zusammenzusetzen, kann er in die wirkliche

Welt zurückkehren. Dummerweise . . .«, sie kicherte, ». . . weiß er nicht, wo die einzelnen Teile sind.«
»Aber du weißt es?«
»Vielleicht«, sagte Samantha. Sie hob die Spiegelscherbe und fuhr mit ihrer rasiermesserscharfen Spitze an Rebekkas Kehle entlang. Rebekka erschauerte; nicht nur weil sie Angst vor dem scharfen Glas und dem wahnsinnigen Funkeln in Samanthas Augen hatte. Das Glas strahlte eine Kälte aus, wie sie sie noch nie im Leben verspürt hatte und die irgendetwas tief in ihr zum Erstarren zu bringen schien. »Vielleicht auch nicht. Das wirst du jetzt leider nicht mehr erfahren.«
Sie stieß zu; nicht besonders fest, aber heftig genug, dass die Scherbe Rebekkas Haut ritzte und sie spürte, wie ein einzelner warmer Blutstropfen an ihrem Hals hinabrann.
Regina und Ulrike prallten erschrocken zurück und auch Tom sog hörbar die Luft zwischen den Zähnen ein. »Übertreib es nicht!«, sagte er warnend.
Samantha kicherte. »Übertreiben? Aber ich habe doch noch nicht einmal richtig angefangen.«
»Ich . . . ich werde nichts sagen!«, stieß Rebekka hervor. »Ehrlich! Ich schwöre es!« Ihr Herz jagte, als wolle es zerspringen. Sie hatte Todesangst.
»Nur keine Angst, Kleines«, kicherte Samantha. »Ich tue dir schon nichts. Ich will nur sichergehen, dass du dein Wort auch wirklich hältst!«

Sie ließ die Spiegelscherbe sinken, doch bevor Rebekka auch nur erleichtert aufatmen konnte, packte sie sie am Handgelenk und zerrte sie auf den Rand des Schachtes zu. Rebekka schwindelte, als Samantha sie mit brutaler Gewalt zwang, sich vorzubeugen und in die Tiefe zu blicken. Der Schacht war vollkommen dunkel, aber man konnte *spüren,* wie tief er war.

»Sam!«, rief Tom erschrocken. »Bist du wahnsinnig?«

»Nur keine Angst«, kicherte Samantha. »Ich will nur ganz sichergehen!« Sie drehte Rebekka grob den Arm auf den Rücken, sodass sie sich stöhnend vor Schmerz noch weiter vorbeugte, und fuhr mit schriller, hysterischer Stimme fort: »Siehst du das? *Siehst du das?*«

»Ja!«, keuchte Rebekka. »Ich sehe es! Ich tue alles, was du willst, aber lass mich los!«

»Dieser Schacht ist unendlich tief!«, fuhr Samantha fort, als hätte sie Rebekkas Antwort gar nicht gehört. »Wer da hineinfällt, der wird nie wieder gefunden! Willst du vielleicht herausfinden, *wie* tief *unendlich tief* ist?«

»Nein«, wimmerte Rebekka. »Bitte, Samantha! Du ... du brichst mir den Arm! Ich schwöre, dass ich nichts sagen werde!«

»Lass sie los!«, verlangte nun auch Tom. »Du hörst doch, was sie sagt!«

Ein einzelner, schrecklicher Moment verging noch,

aber dann lockerte Samantha tatsächlich ihren Griff und Rebekka konnte sich ein wenig aufrichten.
»Ja, das höre ich«, sagte sie. »Das Problem ist nur – ich glaube ihr nicht.«
Und damit versetzte sie Rebekka einen Stoß, der sie nach vorne stolpern und dann kopfüber in die Tiefe stürzen ließ.

Peer Andermatts Opfer

Themistokles war besorgt. Er saß seit Stunden in der kleinen Turmkammer, die er sich als Zauber- und Studierstube eingerichtet hatte, und versuchte vergeblich, sich auf die Pergamente und Schriftrollen zu konzentrieren, die den ausladenden Schreibtisch vor ihm bedeckten. Es war spät in der Nacht und die erste Unterrichtsstunde, die er für diesen Tag anberaumt hatte, war längst vorbei. Sie war alles andere als gut verlaufen. Themistokles hatte sich sein Entsetzen über den Wissensstand seiner Schüler – den es praktisch nicht gab – nicht allzu deutlich anmerken lassen wollen, aber er wusste selbst, dass ihm das nicht gelungen war. Feuer und seine Spießgesellen hatten wirklich ganze Arbeit geleistet, als sie den anderen Schülern verboten hatten, ihre magischen Kräfte auszuprobieren. Um es kurz zu machen: Die Studenten der ältesten und berühmtesten Zauber-Universität Märchenmonds wussten – nichts.

Das allein war aber längst nicht der einzige Grund, aus dem Themistokles bis tief in die Nacht dasaß und keinen Schlaf finden konnte. Er hatte einen schweren Fehler gemacht. Einen unverzeihlichen, möglicherweise nicht wieder gutzumachenden Fehler. Nie,

wirklich *niemals* hätte er Feuer und den drei anderen ihre magischen Kräfte nehmen dürfen. Einem magisch begabten Wesen seine Zauberkräfte zu rauben, war das Allerallerschlimmste, was man ihm antun konnte. Er hatte sich hinreißen lassen, weil er wütend und erschrocken und in seinem Stolz gekränkt gewesen war, und er war in seiner Reaktion maßlos über das Ziel hinausgeschossen. Und das Fatalste war: Er konnte das Ganze noch nicht einmal wieder rückgängig machen, jedenfalls nicht so ohne Weiteres.

»Grämt Euch nicht zu sehr, Meister Themistokles«, sagte eine Stimme hinter ihm. »Es ist nicht Eure Schuld.«

Themistokles schrak so heftig zusammen, dass er fast vom Stuhl gefallen wäre, und fuhr herum. Peer Andermatt stand hinter ihm.

»Woher . . .?«, begann Themistokles, brach ab und versuchte, einen tadelnden Ausdruck auf sein Gesicht zu zaubern, ehe er neu ansetzte: »Liest du etwa meine Gedanken, Bursche?«

Sein gespielter Zorn beeindruckte Peer Andermatt nicht besonders, denn er lächelte nur und kam mit langsamen Schritten um den Tisch herum. »Das kann ich nicht, Meister Themistokles«, antwortete er, »und es ist auch nicht nötig. Sie stehen deutlich auf Eurem Gesicht geschrieben. Aber es ist so, wie ich sage: Es ist nicht Eure Schuld. Die vier haben es verdient.«

»Feuer vielleicht«, sagte Themistokles traurig. »Aber

die anderen nicht. Sie haben sich nur gegen mich gewandt, weil sie Angst vor ihm hatten.«
»Dann wird ihnen das eine Lehre sein«, sagte Peer Andermatt leichthin. »Ihre Zauberkräfte werden zurückkehren.«
»Ja. Aber möglicherweise erst in Jahren!«
»Umso länger haben sie Zeit, darüber nachzudenken, was sie falsch gemacht haben«, sagte Peer Andermatt gelassen. »Alle anderen Schüler jedenfalls hat das, was Ihr getan habt, sehr beeindruckt – und sie müssen jetzt keine Angst mehr vor Feuer und seiner Bande haben. Sie werden jetzt wieder anfangen zu lernen und vielleicht wird Drachenthal wieder zu einer magischen Universität, nicht zu einem Ort, an den Eltern unliebsamen Nachwuchs abschieben, mit dem sie nicht mehr fertig werden.« Er lächelte. »Das ist keine schlechte Bilanz für einen einzigen Tag.«
»Vielleicht«, knurrte Themistokles widerwillig. »Dennoch hätte ich mich nicht hinreißen lassen dürfen.«
»Aber das ist nicht Eure Schuld«, beharrte Peer Andermatt. »Es ist der Fluch dieses Ortes, das wisst Ihr doch.«
»Weiß ich das?« Themistokles seufzte. »Ich weiß nicht mehr, was ich weiß, mein junger Freund. Vielleicht haben die anderen recht und ich werde langsam alt.«
Andermatt tat ihm nicht den Gefallen, ihm zu wider-

sprechen. »Es ist keine Schande, in Ehren alt zu werden, Meister Themistokles.«

»Aber nicht so alt, dass ich allmählich Sorge haben muss, meinen eigenen Namen zu vergessen«, fauchte Themistokles. »Ich wusste ja nicht einmal mehr von dir! Und dabei war ich es, der dir all das Schreckliche damals angetan hat.«

»Und auch das ist der Fluch dieses Ortes«, beharrte Andermatt geduldig. »Unter den Mauern von Drachenthal schlummern gewaltige Kräfte, Meister Themistokles. Kräfte, die sowohl zum Guten als auch zum Schlechten ausschlagen können. Auch ich wurde damals ein Opfer dieser Kräfte – und auch ich war selbst schuld.«

»Du warst es nicht, der den Spiegel . . .«, begann Themistokles, aber Peer Andermatt unterbrach ihn mit einer Handbewegung und ganz leicht erhobener Stimme.

»Quält Euch nicht mit etwas, woran Euch keine Schuld trifft, Meister Themistokles. Ich hatte lange genug Zeit, über das nachzudenken, was ich getan habe. Ihr wusstet nicht, dass ich mich in den Schatten aufhielt, als Ihr den Spiegel zerbracht. Ganz im Gegenteil – ich habe alles in meiner Macht Stehende getan, es vor Euch geheim zu halten, und vielleicht war ich ein wenig zu erfolgreich. Ich war jung damals, vielleicht ein bisschen dumm und ich habe mit Kräf-

ten gespielt, die ich nicht verstand und noch viel weniger beherrschte. Ich fühlte mich eben unbesiegbar.«

»Es ist das Vorrecht der Jugend, so zu empfinden«, grollte Themistokles. »Ich hätte das wissen müssen.«

»An jedem anderen Ort vielleicht, aber nicht hier.« Plötzlich lächelte Peer Andermatt. »Grämt Euch nicht, Meister Themistokles. Ich bin nicht hierhergekommen, um Euch noch mehr Kummer zu bereiten. Ganz im Gegenteil: Es ist etwas geschehen, was mir endlich wieder Hoffnung gibt!«

»So?« Themistokles wurde hellhörig. »Und was sollte das sein?«

Peer Andermatt setzte zu einer Antwort an, doch dann legte er stattdessen den Kopf auf die Seite und schien in sich hineinzulauschen. Im nächsten Moment verlor sein Gesicht alle Farbe und im wiederum nächsten Moment – war er einfach verschwunden.

Themistokles blinzelte verwirrt, dann sprang er auf und rief laut Peer Andermatts Namen. Natürlich bekam er keine Antwort, aber etwas anderes geschah: Themistokles spürte eine heftige Erschütterung im feinen Gewebe der Magie, das alle Dinge und Welten unsichtbar durchzieht. Es war unmöglich, ihre genaue Bedeutung zu erkennen, aber er spürte doch, dass etwas Gewaltiges und ganz und gar *nicht Gutes* geschehen würde.

Alarmiert verließ er seine Zauberstube und eilte, im-

mer zwei oder sogar drei Stufen auf einmal nehmend, die Wendeltreppe hinunter. Auf halbem Wege kam ihm ein bunt schillerndes Etwas entgegengetorkelt, das vor lauter Aufregung immer wieder gegen Wände und Decke und ein paar Mal sogar gegen die Treppenstufen prallte.

»A. . . A. . . A. . . A. . . Alarm!«, fiepste Scätterling. »Mei. . . Mei. . . Meister T. . . T. . . Themistokles, Ihr m. . . m. . . müsst sofort k. . . k. . . kommen! Er. . . er. . . er. . . d. . . d. . . dreht d. . . d. . . d. . . durch!«

»Jetzt beruhige dich erst einmal!« Themistokles griff rasch nach oben und pflückte die völlig aufgelöste Elfe aus der Luft, ehe sie sich in ihrem kopflosen Hin und Her noch selbst verletzte. Sie war ohnehin schon grün und blau geschlagen. »Was ist passiert? Wer dreht durch?«

»P. . . P. . . P. . . P. . . P. . .«, stammelte die Elfe.

»Peer Andermatt?«

Themistokles senkte den Blick und erkannte Kjuub, den kleinwüchsigen Zwerg, der ein gutes Stück unter Scätterling die Treppe hinaufgeschnauft kam, was ihm die letzten Kräfte abzuverlangen schien. Nicht nur dass er nicht fliegen konnte, er war so klein, dass er bei jeder Stufe die Arme heben und sich mühsam daran in die Höhe ziehen musste.

»Peer Andermatt?« Themistokles sog erschrocken die Luft ein. »Was ist mit ihm?«

»Das weiß ich nicht.« Kjuub langte keuchend neben Themistokles an und rang ein paar Mal japsend nach Luft, bevor er weitersprechen konnte. »Er ist unten im Gewölbe und haut alles kurz und klein.« Er schüttelte heftig den Kopf. »Ich weiß nicht, was geschehen ist.«

Aber es musste etwas wirklich Schlimmes sein, das sah man seinem Gesicht an. Und Themistokles spürte immer noch dieses furchtbare Beben und Zucken im Gefüge der Magie, das nicht nachließ, sondern ganz im Gegenteil immer heftiger zu werden schien. Es war, als stünde etwas Gewaltiges kurz davor zu zerreißen.

Er verschwendete keine Zeit mehr damit, überflüssige Fragen zu stellen, sondern murmelte hastig einen Zauberspruch und im nächsten Augenblick fanden sich Scätterling, Kjuub und er in dem gleichen Gewölbe wieder, in dem er am Nachmittag auf Feuer und seine Freunde gestoßen war.

Aber wie hatte es sich verändert! Die Wände waren schief und der Stein zu schimmerndem Glas zerschmolzen, als hätte der ganze Raum eine Ewigkeit im Herzen eines lodernden Vulkans zugebracht, und die Luft zischte und knisterte und spie blaue und grüne Blitze reiner entfesselter Magie. Der Boden zitterte und Themistokles hörte ein Grollen, als bräche der ganze Berg rings um sie zusammen.

Außerdem hörte er das Angst- und Schmerzgebrüll eines vier Meter langen jungen Feuerdrachen, der wie von einer unsichtbaren Faust gepackt immer wieder gegen die Wände, die Decke und den Fußboden geschleudert wurde, und das mit solcher Wucht, dass Splitter seiner roten Schuppen wie kleine, gefährliche Geschosse durch die Luft flogen. Erst dann erkannte er die zweite Gestalt, die inmitten des Raumes stand und beide Arme in die Höhe gerissen hatte.

Themistokles schauderte, als er die fürchterlichen magischen Gewalten spürte, die Peer Andermatt entfesselt hatte. Nicht einmal er war in diesem Moment sicher, ob er den tobenden Jungen bändigen konnte.

»Andermatt!«, schrie er. »Peer Andermatt! Hör auf!«

Andermatt hörte nicht auf, sondern tobte im Gegenteil noch heftiger. Feuer wurde gegen die Wand, den Boden, noch einmal gegen die Wand und schließlich mit solcher Gewalt gegen die Decke geschleudert, dass Themistokles seine Knochen knirschen hörte und eines seiner langen, gebogenen Hörner abbrach.

»Peer Andermatt!«, donnerte Themistokles. *»Ich befehle dir: Hör auf!«* Gleichzeitig entfesselte er all seine magische Kraft, um dem tobenden Jungen Einhalt zu gebieten. Und was er kaum zu hoffen gewagt hatte, geschah. Das Zittern des Bodens hörte auf. Das bösartige Zischen verheerender Energie verstummte, die Blitze wurden weniger und erloschen schließlich

ganz und Feuer rutschte mit einem Ächzen an der Wand entlang zu Boden und blieb dicht neben ihm liegen.

»Ich kann doch nichts dafür«, wimmerte er. Dicke Drachentränen kullerten über sein Gesicht. »Bitte, Meister Themistokles, Ihr müsst mir glauben, ich habe nichts damit zu tun! Ich war nur zufällig hier und ...«

»Das klären wir später«, unterbrach ihn Themistokles barsch. »Jetzt verschwinde, solange ich dich noch schützen kann!«

Feuer sah ihn noch eine Sekunde lang unsicher an, aber dann rappelte er sich hoch und humpelte so schnell davon, wie er konnte, und Themistokles atmete vorsichtig auf. Seine Worte kamen nicht von ungefähr. Die furchtbare magische Kraft, die Peer Andermatt auf ihm unbekannte Weise freigesetzt hatte, jagte ihm einen eisigen Schrecken ein. Er war tatsächlich nicht sicher, ob er dem Jungen gewachsen wäre, sollte er erneut zu toben beginnen.

Peer Andermatt tat jedoch nichts dergleichen. Er hatte nicht nur aufgehört, ein magisches Inferno zu entfesseln, sondern war zu Boden gesunken und hockte mit hängenden Schultern und leerem Blick da. Scätterling schwebte dicht über ihm in der Luft und gleich neben Andermatt stand etwas wie ein kleiner Würfel mit ledriger Faltenhaut: Kjuub. Aber da war noch etwas.

Themistokles ging langsam los. Sein Herz begann zu klopfen und in seinem Mund war plötzlich ein bitterer Geschmack wie nach Eisen, als er den zerschmetterten Körper sah, über den sich Peer Andermatt beugte.

»Wer . . . wer ist das?«, murmelte er verwirrt. Peer Andermatt antwortete nicht und Themistokles ging um ihn herum und beugte sich vor, um das Gesicht des Kindes erkennen zu können.

Und dann durchfuhr ihn ein eisiger Schrecken; so schlimm, dass er sich im ersten Augenblick einfach weigerte zu glauben, was er sah.

»Rebekka!«

»Sie ist tot, Themistokles«, flüsterte Peer Andermatt. Seine Stimme war leer. Tränen liefen über sein Gesicht, aber seiner Stimme war nicht das mindeste Gefühl anzuhören, so als wäre etwas in ihm gestorben. »Ich habe sie umgebracht.«

»Aber das . . . das ist doch völlig unmöglich«, hauchte Themistokles erschüttert. »Sie kann doch nicht . . . ich meine . . . sie *kann* doch gar nicht hier . . .«

»Es ist meine Schuld«, sagte Peer Andermatt, noch immer mit dieser grässlichen tonlosen Stimme, aus der jegliche menschliche Regung getilgt zu sein schien und die gerade deshalb umso schlimmer war. »Ich habe sie getötet.«

»Was ist passiert?«, fragte Themistokles. »Hat Feuer etwa . . .?«

»Nein«, unterbrach ihn Andermatt. »Ich war es. Ich allein.« Er schluchzte, aber selbst dieses Geräusch klang, als käme es aus einer Kehle aus Stahl. »Ich habe sie hierher geführt, auf der anderen Seite. Ich wollte, dass sie alles erfährt. Aber sie ... sie haben sie in den Schacht gestoßen.«

Themistokles sah nach oben. Wo die Decke sein sollte, da erblickte er nun einen finsteren Tunnel, der geradewegs in die Unendlichkeit zu führen schien und dessen Wände aus Rauch bestanden, der sich träge drehte.

»Sie ist es wirklich«, murmelte er erschüttert. »Nie hätte ich gedacht, dass sie den Weg findet.«

»Aber sie hat ihn gefunden und mit dem Leben dafür bezahlt«, flüsterte Peer Andermatt.

»K... k... k... könnt Ihr n... n... nichts für sie tun?«, stotterte Scätterling leise. »Vielleicht einen Heilzauber?«

Obwohl er wusste, wie sinnlos es war, streckte Themistokles die Hand aus, berührte Rebekkas Stirn und lauschte einen Moment in sich hinein. Als er den Arm wieder zurückzog, schüttelte er traurig den Kopf. »Es tut mir leid«, murmelte er. »Ich vermag vieles zu heilen, doch auch meiner Macht sind Grenzen gesetzt. Ich kann nichts retten, wo nichts mehr zu retten ist. Ihre Seele ist bereits auf dem Weg in die Welt jenseits der Schatten.«

Peer Andermatt hob den Kopf. Seine Tränen versiegten und für die Dauer von zwei oder drei Herzschlägen sah er Themistokles auf eine Art an, die den Magier frösteln ließ. »Aber«, sagte er dann. »Es gibt etwas, das ich tun kann!«

Er griff unter sein Gewand und zog eine schwarze Spiegelscherbe hervor. Sie war kaum so groß wie ein Babyfinger und an den Rändern schon deutlich abgegriffen, so oft hatte er sie in die Hand genommen.

Themistokles keuchte. »Andermatt! Überlege dir, was du tust!«

Peer Andermatt schwieg. Plötzlich verschwand der Ausdruck unerträglicher Pein aus seinem Blick und machte dem einer großen Entschlossenheit Platz.

»Wenn du diese Scherbe opferst, dann wirst du endgültig in der Welt der Schatten gefangen sein«, sagte Scätterling mit klarer, kein bisschen stotternder Stimme. »Bedenke, was du tust! Du wirst nicht einmal mehr als Geist diese Welt betreten können oder irgendeine andere. Und du würdest Rebekka nie wiedersehen.«

Peer Andermatt schwieg noch immer. Mit einem sanften, traurigen Lächeln beugte er sich vor und hauchte Rebekka einen Kuss auf die blutigen, zerschlagenen Lippen, dann richtete er sich wieder auf und legte die Spiegelscherbe auf ihre Stirn.

Der Traum und der Schwur

Rebekka erwachte mit ziemlich hässlichen Kopfschmerzen und der Erinnerung an einen noch hässlicheren Traum; und einem ekelhaften Geschmack im Mund.

Vorsichtig schlug sie die Augen auf, drehte den Kopf und stellte plötzlich fest, dass sie in ihrem Zimmer war und im Bett lag. Wo sollte sie auch sonst sein? Sie tastete mit den Fingerspitzen über ihren schmerzenden Kopf und zog erschrocken die Luft zwischen den Zähnen ein, als sie einen stechenden Schmerz im Zeigefinger spürte.

Mit einem Ruck setzte sie sich auf. Etwas Kleines und Glitzerndes, das auf ihrer Stirn gelegen haben musste, fiel hinunter und verschwand in einer Falte der Bettdecke. Rebekka starrte fünf Sekunden fassungslos auf den dunkelroten Blutstropfen, der aus ihrer Fingerkuppe quoll, wo sie sich an der Spiegelscherbe geschnitten hatte. Erst dann kam sie auf die Idee, den Finger in den Mund zu stecken, bevor sie auch noch die ganze Bettdecke volltropfte.

Sie schwang die Beine vom Bett und kramte mit der unverletzten Hand nach der Scherbe, an der sie sich geschnitten hatte. Es war tatsächlich eine *Spiegel-*

scherbe, schwarz, an den Rändern schon deutlich abgegriffen und nur ein paar Zentimeter lang, genau wie die Scherbe aus ihrem Traum. Das war schon fast unheimlich und einen Moment lang überlegte sie, ob dieser Traum nicht vielleicht ...

Aber das war natürlich blanker Unsinn! Ihre Fantasie war wieder einmal mit ihr durchgegangen, das war alles. Sie traute Samantha ja eine Menge Gemeinheiten zu, aber eine Mörderin war sie nun doch nicht, und für das, was sie Tom in ihrem Traum unterstellt hatte, schämte sie sich regelrecht. Von allem anderen – dem Drachen, Themistokles, dem Zauberer, einer stotternden Elfe und einem kleinen Würfelzwerg ganz zu schweigen. Es war nur ein Traum gewesen, basta!

Wenn auch ein ziemlich realistischer Traum. Rebekkas Kopfschmerzen waren zwar fort, aber davon abgesehen schien es keine Stelle an ihrem Körper zu geben, die nicht irgendwie wehtat. Sie fühlte sich, als wäre sie ohne Fallschirm aus einem Flugzeug gesprungen und dann den längsten Geröllhang der Welt hinuntergeschlittert. Außerdem juckte ihr Hals.

Rebekka hob die Hand, berührte ihre Kehle mit den Fingerspitzen – und erstarrte. Sie spürte ganz deutlich einen dünnen, kaum zwei Zentimeter langen Schnitt, der noch nicht einmal ganz verschorft war, genau dort, wo Samantha sie in ihrem Traum mit der Spiegelscherbe geschnitten hatte ...

Ein eiskalter Schauer rann ihr über den Rücken. Das war . . . unheimlich.

Ganz instinktiv hob sie den Kopf und sah zu Samanthas Bett hin. Es war unberührt, Samantha war nicht da – gut –, und wie es aussah, war sie auch den ganzen Abend über noch nicht da gewesen. Konnte es sein, dass . . .?

Mit klopfendem Herzen nahm Rebekka die Spiegelscherbe erneut zur Hand, betrachtete sie einen Moment lang genauer und schloss dann die Faust darum.

Und im gleichen Moment, in dem sie es tat, *wusste* sie, dass es wahr war.

Es war kein Traum gewesen. Toms Verrat, Samanthas feiger Mordanschlag und das gewaltige Opfer, das Peer Andermatt gebracht hatte – all das war wirklich geschehen und sie war nur noch am Leben und hier, weil ein Junge, den sie kaum gekannt hatte, sein eigenes Leben für sie geopfert hatte.

Tränen füllten Rebekkas Augen, Tränen des Zorns, als sie an Samantha und vor allem an Tom dachte, aber auch Tränen des Kummers, die Peer Andermatt galten. Wer immer dieses Mädchen auch war, für die er sie gehalten hatte, er musste sie unvorstellbar tief geliebt haben, denn das Schicksal, das er ihretwegen auf sich nahm, war hundertmal schlimmer als der Tod.

Draußen auf dem Flur wurden Schritte laut und dann drangen gedämpfte Stimmen in ihre Gedanken und rissen sie in die Wirklichkeit zurück.
»Da mache ich nicht mit!«, vernahm sie Toms Stimme. »Du kannst viel von mir verlangen, aber das geht zu weit! Du . . . du hast sie *umgebracht!*«
»Quatsch!« Das war Samanthas Stimme. »Es war ein Unfall und das weißt du ganz genau!«
»So? Für mich sah das aber ganz anders aus!«
»Du glaubst doch nicht im Ernst, dass ich die blöde Kuh absichtlich fallen gelassen habe, oder?«, empörte sich Samantha. »Sie hat sich losgerissen und dabei das Gleichgewicht verloren. Streng genommen ist sie selber schuld.«
»Du weißt, dass das nicht stimmt!«, fauchte Tom. Die Tür wurde aufgerissen und die beiden traten nebeneinander ein, waren aber viel zu sehr mit Streiten beschäftigt, um Rebekka im ersten Moment zu bemerken.
»Und selbst wenn, was willst du machen?«, schnappte Samantha. »Mich bei Biene anschwärzen? Das würde ich mir überlegen. Schließlich warst du dabei und genau genommen warst *du* es sogar, der sie . . .«
»Guten Abend«, sagte Rebekka.
Samantha fuhr herum, riss die Augen auf, quietschte und fiel in Ohnmacht – wohlweislich allerdings so,

dass sie in Toms hilfreich ausgestreckten Armen landen konnte, der hinter ihr stand.
Hätte er die Arme ausgestreckt, hieß das. Und *hätte* er noch hinter ihr gestanden.
Aber Tom starrte Rebekka nur eine Sekunde lang wie vom Donner gerührt an, dann gab er einen erstickten Laut von sich und war wie der Blitz verschwunden, sodass Samantha mit einem dumpfen Knall auf dem Teppich landete und sich am Stuhlbein die Nase blutig schlug.
Rebekka hätte gerne gelächelt, aber sie konnte es nicht. Sie empfand nicht einmal Schadenfreude; allenfalls eine gewisse grimmige Zufriedenheit. Ganz plötzlich war ihr Samantha vollkommen egal, genau wie ihre beiden Freundinnen und sogar Tom.
Sie schloss die Hand um die Spiegelscherbe und dachte wieder an das, was Samantha ihr vorhin unten am Rande des Schachtes erzählt hatte. Peer Andermatt hatte die letzte und einzige Scherbe des magischen Spiegels, die er besaß, geopfert, um ihr Leben zu retten, und nun war sie es ihm schuldig, die übrigen Scherben zu finden und zusammenzusetzen, damit er in die Wirklichkeit zurückkehren konnte.
Sie wusste nicht, wo diese Scherben waren oder wie sie sie finden sollte, aber sie würde es tun, und wenn sie dazu bis in die tiefsten Abgründe der Hölle vordringen müsste.

Sie würde sie suchen und finden, irgendwie, und sie würde ihre Schuld zurückzahlen und Peer Andermatt retten, das schwor sie sich.

Von Wolfgang und Heike Hohlbein sind
als Arena-Taschenbuch erschienen:
Drachenthal – Das Labyrinth (Band 2875)

Wolfgang Hohlbein, geboren in Weimar, und *Heike Hohlbein,* geboren in Neuss, sind die erfolgreichsten und meistgelesenen deutschsprachigen Fantasy-Autoren. Der Durchbruch gelang ihnen 1982 mit dem Überraschungserfolg »Märchenmond«, für den sie mit dem Fantastik-Preis der Stadt Wetzlar ausgezeichnet wurden. Seither sind zahlreiche fantastische Romane, Serien und Drehbücher zu Filmen von ihnen erschienen. Ihre Werke haben bis heute eine Gesamtauflage von über acht Millionen erreicht.

Arena-Taschenbuch
Band 2374